毒の矢

SHIMADA Kanami
島田香菜美

文芸社

目次

毒の矢

私はこの世で一番不幸だ……

などと思ったことはない。

この世界には、私以上に悲しい思い、つらく、苦しい思いをしている人はいくらでもいると分かっている。

しかし、私は悲しかった。つらく苦しかった。さみしかった。

私は、私を温かく包み込んでくれる母の愛が欲しかった。

つらい時に寄り添い、なぐさめ、励ましてくれる優しい母が欲しかった。

私の母

私の育った家は金持ちではなかったが、決して貧乏でもなかったと思う。

父は、パチンコや麻雀、競馬などギャンブル好きなところはあったが、真面目に働き、母はたまに内職をする程度で家計は成り立っていた。

小さな平家ではあったが、ローンや借金などを嫌う父が、現金で一括購入したと聞いている。そこに父、母、兄、そして妹の私、と四人で暮らしていた。

食卓には肉、魚、野菜などがバランス良く並び、時にはすき焼き、松茸、鰻、クリスマスにはローストチキンにホールのケーキなど、ごちそうが並ぶこともあった。

ひもじい思いをすることもなく、服や文房具なども人並みの物を買い与えられ、不自由なく暮らせていた。

それだけで十分幸せではないか、何の文句があるのだ、と言う人はいると思う。しかし、きっと人というものは、特に子どもというものは、「それだけ」では足りないのだ。そこには、「優しく見守ってくれる人がいる」という環境が必要なのだ。

もしも……そこに、母の愛を感じながら生きていられたのなら、どれだけ私は幸せだったのだろうと思ってしまうのだ。

私の母は外面が良かった。まわりの人たちと明るく話し、近所との付き合いも上手く、友人も多かったと思う。

母は私に暴力を振るうことなどはなかった。たまに怒らせて平手打ちをされたことはある。しかし、その当時は、親や教師が子どもに平手打ちをするということは、特に珍しくはなかった。そんな時代だったのだ。

私は、幼い頃の母の温かい思い出を持っていない。

私が持っている「普通の母親」のイメージは、子どもを愛し、心配し、励まし、時には厳しく……しかしそれは思いやりのある厳しさで、温かく、包み込むように見守ってくれる人というものであった。

私から見た母は、冷たく厳しかった。私に対しては思いやりというものを少しも感じられなかった。

まわりの人から見た母は、きっとそのようには見えず、普通の母親に見えていたと思う。

しかし、私は、母の冷たさを怖いほど感じていた。

家では毎年お盆になると、父母の実家に帰省していた。私が小学校の一年か二年生だったある夏、私にとっての大きな災難が起きた。

私は母の実家の、広いたたみの部屋で、気持ち良く仰向けになって昼寝をしていた。

そこへ、タタタ……と走ってくる足音がした。と思うと、その足は、私のおなかを思いきり踏みつけて走り去っていったのだ。

出入口に寝ていたわけではない。広い部屋の、ど真中に寝ていたのだ。わざとだとしか思えない。

その子は、その家に住む、まだ二歳くらいの小さないとこだ。小さいとはいえ、思いきり踏まれたらたまったものではない。それは、すさまじい痛さであった。

その騒ぎを聞きつけて大人たちがやってきた。遊びに来ていた叔母は、

「まあ、かわいそうに、痛かったねえ」

と心配してくれた。

しかし、母は全く心配してくれなかったのだ。

自分の子どもがおなかを思いきり踏みつけられ、からだを丸めて苦しがっているのだ。

なのに、心配しない親がどこにいるというのだ。

心配しないどころか、母は冷たく言い放った。

「あんたがそんな所に寝ているのがわるいんでしょう！」

信じられなかった。踏みつけた子ではなく、私が叱られたのだ。なぜ母は、苦しんでいる私を心配せずに叱るのか、訳が分からなかった。おなかがひどく痛み苦しかったが、私はそれ以上に、母の言葉が悲しくつらかった。

私の心に、最初の毒の矢が刺さった瞬間だった。

大人になってから、特に自分が母親になってから、あの時のことを思い返してみても……やはり、母の言動は信じられない。

思いきりおなかを踏まれる危なさを、なぜ母は分かってくれなかったのか。

もしも私があの時の母の立場だったら、救急車を呼んだ方がいいのか、とりあえず病院には行った方がいいんじゃないのか、この子は大丈夫だろうか、と心配でたまらないと思うのだ。

踏まれた私は嘔吐することもなく、痛みは少しずつやわらいでいったが、心の痛みは消えることはなかった。

こんなこともあった。あれは私が小学生の頃の夏休み。遊びに行こうと玄関から走り出た時であった。家の玄関の前には四角い敷石があり、そこを踏み外してしまった私は、足をひどくひねり、転んでしまった。

足首が痛くてまともに歩くこともできなかったが、母は病院には連れて行ってはくれなかった。

私は痛くて歩けないので、家のまわりで、ちょうど良さげな棒を見つけると、杖にして歩いていた記憶がある。

月日が流れて……私が中学生になったある時期、足首がひどく痛み出した。痛みを母に訴えたところ、そこでようやく母は私を病院へ連れて行った。レントゲンを撮ってもらうと、医師は言った。

「これは、昔、骨折していますね。ほらここ、折れた所に、自然と治ろうと骨が上からかぶさった跡があるでしょう」

たしかに左足のくるぶしは、右足のそれと比べて大きいのだ。

すぐに、昔転んだ時の怪我だと思いついた。

「小さい頃、転んだじゃない。私、杖ついていたでしょう」

と母に言った。母は、

「そんなこと、あったかしら」

とすっかり忘れてしまっているのであった。


母は私を心配してくれず、何があっても「自分が怒られるだけ」ということがだんだん分かってきた私は、何かあっても、母には隠したり、嘘をつくようになっていった。

これも小学生の時の話なのだが、ある日、友だちの家に遊びに行った。その帰り、その子の家から道路へ走り出してしまった私は、走ってきたバイクに轢かれるという事故にあってしまったのだ。バイクはそんなに大きいものではなく、轢かれたというより、ぶつかっただけかもしれないが、私は両ひざを怪我し、出血した。しかし、私が立ち上がり、動けることを知ったバイクのおじさんは、そのまま私を送ることもなく走り去ってしまった。

両ひざは痛かったが、バイクにぶつかった怖さ痛さを思うよりも、私が心配したのは、「母に怒られること」であった。私は怒られる怖さで、泣き叫ぶこともできなかったのかもしれない。

私がわるい。飛び出した私がわるい。

めちゃくちゃ怒られる。

どうしよう……。

おなかを踏まれても私がわるい。そういう母なのだ。事故にあっても自分のせいなのだ。

家に帰った私は、外で転んだと嘘をついた。特に母に疑われることもなく、その場をやり過ごせた。

その時、私の足は特に骨折などはしていなかったようだったし、念のため消毒もしたおかげで、傷が化膿することもなかった。自然に治っていったが、病院には行かなかったので、両ひざには今でもはっきりと皮膚が裂けた跡が残っている。

しかし、私はたまに自分に問いかける。

「本当にこの記憶は正しいのだろうか?」と。

本当は……あの時、私は泣き叫んだのだ。

その声を聞きつけた近所の人が、どうしたのだとやってきて、急いで私の母を呼びに行ってくれた。母はあおくなって飛んで来て、これは大変だとあわてて私を抱き上げ、病院へ連れて行き、そして、「無事で良かった」と抱きしめてくれたのだ。

「真実はきっとそうで、私の記憶が間違っているのだ」と、そう思いたい。でも、そう思おうとする度に、両ひざの傷が言うのだ。「病院に行ってたらこんな傷にはならないでしょう」と……。

母は、私と一緒にいることが好きではなかったのだと思う。母には買い物には連れて行ってもらっていたが、それ以外の外出の記憶はあまりない。

父とは休日によく出かけた。といっても、行き先はパチンコや競馬であった。昔のパチンコ屋さんは、子どもも普通に入れたのだ。レバーを動かして一つずつ打ち出すタイプのもので、私も父から少し玉をもらっては楽しんでいた。たまにたくさん入ると、袋にいっぱいのお菓子と交換してもらった。袋をかかえ、ご機嫌で帰ってきた覚えがある。

パチンコに競馬、そのような場所に子どもを連れて行くと知っていても、母は普通に送り出していた。そんな所に、と止めることはなかった。どこでもいいから連れて行ってくれればそれで良かったのだと思う。

なので、私が病気にでもなり、学校に行けなくなるのは、母にとって我慢のならないことだったのだと思う。

中学生になると、三十九度近い熱があっても、頭が痛くても、歯が痛くてつらくても、学校を休むことは許されなかったのだ。追い出されるように学校へ行かされたのを覚えている。風疹などの感染症の時だけは、休むのを許された。

中学生だったある日、私は学校で熱を出し、早退した日があった。もちろん母は心配をしてくれる様子もなく、病院にも連れて行こうともせず、ただ不機嫌であった。

私は熱でからだが重く、動けず、自分の部屋に行くと壁に寄りかかって座り込み、ボーッとしてしまった。そこに母が、ガッと戸を開けて入ってきた。そして、つらくて座り込んでいる私に向かって言ったのだ。

「何してるの、早く布団敷いて寝なさいよ！」

そう言って、早々に去ってしまった。

私はつらいんだよ……。

熱があって動けないんだよ……。

なんで分かってくれないんだよ……。

言いたいことはたくさんあった。しかし、私は何も言えずにただ泣いていた。悲しかった。なぜこんな時にも優しくしてもらえないのだろうかと。

普通の親なら、心配して布団ぐらい敷いてくれるだろう。

優しく寝かせてくれるだろう。

と思いつつ、必死に立ち上がり布団を敷くと、私はもぐり込んで泣いた。

おでこを冷やし、布団をそっとかけて、上からぽんぽん、としてくれる優しい手が欲しい、と思いつつ泣いていた。

もうひとつ、母の冷たさを怖く感じた出来事があった。

中学生の時、私はのどにアメをつまらせた。きみどり色の大粒のマスカットキャンディーだった。なめていたら、まだ大きいうちにのどの奥へとスルッと入っていってしまったのだ。

私は息ができなくなり、あせった。

母は近くにいたにもかかわらず、背中を叩いてもくれなかったし、「大丈夫？」と声をかけてくれることもなかった。ただ冷めた目で見ていただけなのであった。

あまりにも苦しくて、本当にこのまま死んでしまうのかと怖くなった。しかし中学生にもなってアメで死ぬ、など恥ずかしいことだと思い、なんとか吐き出そうとするのだが吐き出せない。窒息する恐怖と戦いながら、もう飲み込むしかない、と必死になった。

アメが少しずつ下の方へと下りていく。固い物がのどを通る時、骨の存在を感じるのだ。一段一段アメが下がっていく。しかし、もう少し、と思った瞬間、咳とともにアメが口から飛び出していった。カッ……と床に落ちた乾いた音を覚えている。

その出来事はたぶん、一分もないくらいの短い時間であったと思う。しかし、私にはとてつもなく長く感じられた。

助かった。生きている。

ほっとしたが、あまりの苦しさに、目には涙がにじんでいた。

ゼェ、ゼェ、と苦しそうにしている私に、また毒の矢が飛んできた。

「何してるのよ」

母が冷たく言った。

それは「ばかじゃないの」という言い方と同じだった。オロオロするだけの親の方がまだ救われる……。

母には危険意識というものがないのか？　欠落しているとしか思えない。下手をしたら私は窒息していたのだ。大人のくせに何もせず、見ているだけというのはありえない。
自分の娘が死のうが生きようが、母にとってはどうでもいいことなのだと確信してしまった。

私の心に飛んでくる毒の矢、
毒が心を重く、重くしていく。

私と兄

私には二つ上の兄がいる。幼い頃あまり仲は良くなかったが、夏には虫捕り、家族ではトランプやかるた、ゲームなどを一緒に楽しんだりしていた。しかし私には、いじめられて泣かされた記憶の方が多い気がする。

兄は、やんちゃなところがある元気な子であった。友だちも多かったし、学校に行くようになると成績もそこそこ良かった。

一方私は、まわりの人と話すのが苦手で、まわりの大人から「大人しいねぇ」といつも言われ続けていた。しかも頑固なところもあったので、母は疎ましく思っていたのだと思う。私から見ると、母は私より兄のことをずっと可愛がっていた。

ある日のこと、兄と私、二人で何かをしでかしてしまい、ひどく叱られたことがあった。

「そんな子は家から出て行きなさい！」

大声で怒鳴られたのだ。

兄はすぐに泣き出した。しかし私は、通っていた幼稚園のバックを肩にかけ、とっとと家を出て行ってしまった。

大人は子どもを叱った時、泣いてくれた方が楽なのだ。泣いてくれれば「分かった？もうやってはいけないよ」と言って、終わらせることができるからだ。反対に私は、むっとした顔をして、たぶん「私はわるくないもん」と腹を立て、ずんずんどこかへ行ってしまう。

そんな子はやりにくいに決まっている。さすがに母もあわてて追いかけてきて、私を連れ戻した。素直に泣く兄の方が可愛げがあるというのは、大人になった私なら十分理解できる。

小学校を卒業する頃、平屋であった家を二階建てにするリフォームをした。二階には新たに二部屋ができた。私たちは自分たちの部屋ができると喜んでいたのだが、兄は二階の洋間をもらい、もう一間は私の部屋……とはならず、客間になってしまったのでがっかりした。

では、私はどうなったかというと。台所の奥にある北側の暗い四畳半が私の部屋ということになった。「もらえたんだからいいではないか」と思われそうだが、そこはほとんど物置部屋だったのだ。トイレットペーパーや古新聞などの日用品が、私の布団と一緒に小さな押入れにしまわれ、むき出しの棚には引き出物などが積まれていた。そしてなぜか母の鏡台まで置いてあったのだ。

母はいつも、私に声をかけることもせずに、障子をガッと開けて入ってきては必要な物を取り出したり、化粧をして出て行ったりした。

私の部屋というよりは、物置部屋に私のスペースがあるという感じだったので、恥ずかしくて友だちを呼ぶこともできなかった。

持ち物で差別されて悔しかったのは「ラジカセ」だ。兄は買ってもらい、私は兄の年になっても買ってもらえず「貸してもらいなさい」だった。しかし、兄はめったに貸してはくれず、友だちと話が合わなくて困ったのだった。

兄は自分の好きな野球をずっとやらせてもらっていた。私はというと、家の近所に新しくピアノ教室ができたので、習いたくもないのにオルガンを習わされていた。ピアノは買えなかったのでオルガンなのだ。兄と二人で通わされたのだが、なぜか私はそこのピアノ教師が苦手で嫌いだったので長続きはせず、兄がやめる時に一緒にやめた。

私は、本当はバレエを習いたかった。きれいな衣装を着て、ふわっと軽やかにジャンプしたり、美しく、くるくるとピルエットをしたり、まるで妖精のようなその姿に憧れた。しかし、母に言い出すことはなかなかできなかった。

小学校に入ってからは、クラスにバレエを習っている子がいると、うらやましくてしかたなかった。そこで私は母に、

「○○ちゃんはバレエ習ってるんだよ、いいなぁ」

「○○幼稚園で教えてもらってるんだって」

「今日、クラスのお誕生生会で踊ってくれたんだよ、衣装可愛かったんだよ」

と、普段あまり学校の話などしない私なのだが、ことあるごとに精一杯母に話しかけた。

「やりたい」と言えないかわりに「やりたいアピール」を必死に母に送ったのだ。

しかし母は気がつかないのか……いや、どちらかというと気がつかないふり、をしていたのだと思う。私の言葉や気持ちには向き合ってもらえることはなかった。

高校生になってから、テレビでバレエの公演が放送されていた。私が見ていると、

「お前はバレエが好きだなぁ、習ってみるか?」

と父が声をかけてくれたことがあった。「もっと早く言ってくれれば。もう遅いよ」と思いつつ、

「ううん、いい」

とこたえた気がする。

しかし、言ってもらえたことは私の救いであった。気にかけてくれる父の言葉はとても嬉しく、心がぽわん、と温かくなった。

兄は私よりずっと学校の成績が良かった。反対に、私は勉強が苦手で、算数や数学など大嫌いであった。あまりにひどい点数をもらってくるので、

「本当にダメねぇ」

「なんでできないの!」

「なんで分からないの!」

と、母に何度叱られたことか。

そんなことを言われても「なんでか」など分かるわけがないでしょう、と思っていた。

勉強ができない、分からないのはなぜか？　それが分かったらできる子になれるのではないだろうか。

母は叱るくせに、勉強を見てくれるとか、宿題を手伝ってくれるとかはしてくれなかった。

大人になってから母の話を聞いたところ、母は算数や数学は苦手でちんぷんかんぷんだった、と笑っていた。

「はぁー？」

「自分が全く分からなかったのに、自分の娘ができなかったら怒るなんて信じられない」

「自分ができなかったのなら、できない子の気持ちがなぜ分からないの？」

と私は腹を立てたのだが、母はただ笑っていた。

そういう人なのだ。

思い出

母との楽しい思い出がないだろうか、と探してみるのだが見つからない。あたたかい手、優しい眼差し……覚えていない。

昔の写真を見ると、母と手をつないだ写真ぐらいは存在するのだが、私の記憶としての映像は出てこない。何かを思い出そうとすると、怖い思い出や、悲しい思い出ばかりがよみがえるのでつらい。

私が四歳頃だったと思う。母は一時期、ハンダゴテを使ってラジオの部品を作る内職をしていた。熱したハンダゴテで銀色のハンダをトロッと溶かしたものを使い、部品を基盤につけていくのだ。

私は、よく母の近くで遊んでいた。部品だったのだろうか、小さなドーナツ型の磁石がいつも身近にあり、それをつなげて長くしたり、ばらばらにしたり、積み上げたりと楽しんでいた。

ある日、母がその作業をしていた時、私は何かで母を怒らせてしまった。とたんに母が鬼婆と化してしまった。熱いハンダゴテのコンセントをグッと引き抜き手に持つと、私を追いかけ始めた。私はあわてて逃げると、トイレに走り込んだ。心臓がバクバクしていた。私は母の怒りが収まるまで出て行けなかった。

何をしたかは覚えていないが、幼い私がそこまで母を怒らせるような何かをしてしまうとはあまり考えられない。まあ、都合の悪いことは忘れてしまっているのだろう。

トイレといえば、家のトイレにはなぜかシミがあった。入って正面、右上の角に黒いシミがいつの間にかできていたのだ。

私はなんとなくトイレに入るとそれが気になり怖かったのだが、ある日母が言ったのだ。

「夜になると、あそこから怖いものが出てくるんだよ」

兄ではない、母が言ったのだ。

私はますますトイレが怖くなった。特に、夜はドアを開けたままでないと入れなくなってしまった。

和式だったトイレが洋式にリフォームされ、壁も塗りかえられたが、私はいくつになっても、トイレに入ると正面の右上を見てしまうのが癖になってしまった。大人になっても、それは続いた。私にはあの黒いシミが見えてしまうのだ。そこの角に、いつも何かがいる気がしてしょうがないのだ。

九九を覚える時期になると、母は一生懸命覚えさせようとした。そして、やりすぎてしまった。

私がお風呂に浸かっている間に全部言えないと出してもらえないのだ。もちろん熱いお風呂に浸かっていれば、のぼせて気持ちも悪くなってくる。ようやく出ることを許された時にはもうフラフラで、そして出たとたんに嘔吐してしまった。

今思えば、これは虐待ではないか。

母はもちろん「ごめんね」などと言うはずもなく、

「あんたがちゃんと言えないからいけないんでしょう」と叱られた。

私は幼い頃鼻が悪く、いつもつまり気味だった。一人で病院へ行けるくらいに大きくなると、お金を持たされ、毎日のように耳鼻科に通わされていた。そこでも母に恐怖心を植え付けられてしまった。

「あんたは蓄膿症なんだよ」

「蓄膿症だから、大きくなったら手術をしなければいけないんだよ」

「口の中を、のみを使って、歯ぐきのあたりからザックリ切って、悪い所を取り除かないといけないんだよ」

「大人でも我慢できないほど痛いんだって」

母は私にそう言い聞かせたのだ。

怖かった。恐怖でしかなかった。

「大きくなったら、私はのみで口の中をザックリ切られるんだ」「我慢できない痛みってどんだけ痛いの？」

私の心は不安でいっぱいになってしまった。

たぶん母としては、そうならないようにちゃんと病院に行かせたかったのだろう、と想像はできる。しかし、こんなにも怖がらせなくてもいいではないか。

幸いなことに、私の鼻は成長とともに良くなり、病院に行くこともなくなった。もちろん手術などしなかった。のみで切られなくて本当に良かった、とずっと思っていた。

小学校の二年か三年のことだったと思う。ある時、母が何気なく私の足の裏を見て言った。

「あんたって扁平足よね」

私はマンガの一場面のように、ひたいには縦線が、顔の横には「ガーン」という文字が入った状態になってしまった。

「へんぺいそく」は足の裏がぺったんこなのだということは知っていた。自分の足の状態がそうなのかそうでないのかは分からなかった。しかし、母がそう言うのだからそうなのだろう。と私は思った。

私はショックだった。私は人に知られてはいけない秘密を抱えてしまったのだ。もし知られたりしたら、男子は絶対にからかったりばかにしたりする。隠さねばならない。

大変なのはプールの時だ。見られてはならない。特にプールから上がった時の足跡だ。ぺったんこの足跡をつけてはいけない。私はなるべくつま先で歩くように頑張った。

成長するにつれ、「いや、私の足の裏は決してぺったんこではないなぁ」と思うようになったので母に言った。

「お母さん、昔さぁ、私に扁平足って言ったよね。違うと思うんだけど」

「あらそう、その時はそう思ったんだからしょうがないでしょう」

と悪びれる様子もなく言う。

いつも母は、何があっても謝ることをしない人だ。自分の娘がどれだけ小さな心を痛め、悩んだかなどということは全く気にしない人なのだ。

言われた時点で、私の足はすでに扁平足ではなかった気がするのだが、後に私は、幼い子はみんな扁平足なのだということを知った。

足をたくさん使って発達すると、土踏まずというものは形成されていくのだという。

小学生でそんなことが分かるわけがない。そのせいで、あの夏はプールを思いきり楽しめなかった。大好きだったプールの時間を返して欲しい。


母は私の楽しい思い出を壊してしまう人でもあった。

大きくなるまでは、誕生日やクリスマスの時など、人並みにプレゼントをもらっていた。その当時発売され、大人気だったリカちゃん人形も買ってもらい、私は毎日のように遊んでいた。そのうちリカちゃんは二人に増えた。小さなテーブルやイスがセットされたバッグ型のリカちゃんハウスも増えた。可愛い着せ替えのドレスや靴もあった。お人形遊びをしている時、私は幸せだった。

しかし、ある日大事にしていたリカちゃんに悲劇が訪れたのだ。兄がリカちゃんの可愛い顔にいたずらをし、ボールペンでぐしゃぐしゃと落書きをしてしまった。私は怒った。そして、リカちゃんの顔を一生懸命拭いてみたが全く消えず、どうすることもできなかった。リカちゃんはもう一人いたのでなんとか我慢したのだと思う。しかしそれだけでは終わらなかったのだ。

まだお人形遊びをしていたある日、小学校から帰ってきた私に母が言ったのだ。

「リカちゃん〇〇ちゃんにあげたから。もう遊ばないでしょ」

リカちゃんも、リカちゃんハウスも、ドレスも靴もなくなっていた。残っていたのは、顔をぐしゃぐしゃにされたリカちゃんと、破れたドレスや汚くなった靴だけだった。

なんの断りもなく、勝手にあげてしまった母に私は怒った。

「まだ遊ぶんだから返してよ、返してもらってきてよ」

私は激しく抗議した。

「そんなこと、できるわけないでしょう」

と謝ることもない。

「じゃあもう一回買ってよ」

と言っても無視され、もちろん買ってくれることもなかった。

それからしばらくした頃、学校の友だちから、

「リカちゃん持ち寄って遊ぼう」

と誘われた。友だちと遊びたかった私は仕方なく、顔を汚されたリカちゃんやボロのドレスと靴をかき集めて遊びに行った。

友だちはばかにすることなどなかった。同情してくれたと思う。しかし私は恥ずかしくて、せっかく友だちの家にいったのに楽しく遊ぶことなどできなかった。みじめだった。

それ以来、友だちと人形遊びをすることはなくなった。

母は友だちと遊ぶ、という貴重な時間まで私から奪ってしまったのだ。今でもリカちゃん人形を見ると、あの時の記憶がよみがえってしまうのは悲しい。

大事に集めていた、今でいう「キャラクターカード」を持っていたが、昔、お風呂は薪で焚いており、それも火にくべられてしまった。

他にもある。小学生の頃に、誰かからとても美しい千代紙をもらったことがある。大切

に少しずつ使い、棚にしまっておいた。だが、そこにしまってあることを知っていた母は、私が学校に行っている間に、勝手に一枚残らず人にあげてしまっていた。

短大の時には、まだ使っている英語の辞書まで人にあげていた。もうあきれるしかない。


私は年老いた母にある日聞いてみた。

「ばあちゃん（母）、私が小さい頃の楽しい思い出ってある？」

「そりゃあ、あるわよ」

本当にあるんかい、と心の中でつっこみつつ、私は少し意地悪な気持ちになって聞いてみた。

「たとえば？」

母は言葉に詰まった。しばらく待ったが言葉は出なかった。分かってはいたが、聞いてみたい気がしてしまった。聞いた私がばかだったのだ。

このように母との思い出はひどいものばかりなのだ。


きっと私は、父との思い出に救われている。

父は休日になると、趣味やつきあいでゴルフや釣りに出かけることが多かったが、時には私を連れ出してくれた。パチンコや競馬にはよく行ったが、それだけではなかった。デパートに行く時は母も一緒だったが、遊園地やプールに行く時、母はいなかった気がする。

小学生の時、上野動物園にパンダが初来日し、日本は大騒ぎとなった。父は私を連れて行ってくれたのだ。とても混んでいて並び、見る時は「立ち止まらずお進み下さい」と係の人が叫んでいた気がする。見られたのはほんのわずかな時間だったが、初めて見るモコモコのパンダはすごく可愛かった。

帰りには、かかえるほど大きなパンダのぬいぐるみを買ってくれた。すれ違う人が「いいねぇ」「可愛いねぇ」と声をかけてくれるので、ますます嬉しくなった私はニコニコして帰ってきた。ぬいぐるみには、私の小さくなったカーディガンを着せた。赤やピンクのバラが刺しゅうしてあるお気に入りのものだった。長年、遊んだりお話をしたりして一緒に過ごした思い出がある。

上野の美術館に「モナ・リザ」が来た時、絵が好きだった私を連れて行ってくれたのも父だった。その時は大勢の人が押しかけ、美術館の前は長蛇の列となっていた。長時間並び、ようやく美術館に入れた。「これがモナリザかぁ。すごいなぁ……美しいなぁ」と感動し、その後、美術館は私の大好きな場所となった。

クリスマスの時は、一緒にケーキを買いに行った。ある年、残念なことに売り切れてしまっていた時があった。父は、見本のケーキを指差しながら販売員のお姉さんに頼んでみた。

「これでいいから売ってよ」

としばらく食い下がっていたのだが、売ってもらえずがっかりしていた。

「見本でもいいのに」

「なんで売ってくれないんだろうねぇ」

と帰り道にしばらくブツブツ言っていた。

ずっと出しっぱなしのケーキなど食べられず、売ってくれるはずもないのに、子どもたちのために一生懸命買おうとする姿は、思い出すと可愛い。

そんな父を私は大好きだった。

変化

母が少し柔らかくなったと感じたのは、高校に入学してからだった。

私が中学生の時、勉強も嫌いで、成績も悪いまま進路を考える時期になると、

「あんたこんな成績でどうすんの、行くところないでしょう」

と言う母の言葉に、

「高校なんて行かないもん、働くから。勉強嫌いだし」

と本気で思っていた。

しかし中卒では、と困った母は、私がどうにか行けそうなところを見つけ、真面目だけが取り柄だった私は、推薦で私立の女子校に入学することができたのだった。

そのことは母に感謝している。

その高校のレベルは私に合っていたので、私でも学校の授業に楽についていくことができた。ついていけるというのは楽しかった。たぶん、通った三年間、私は授業で寝てしまったことはないと思う。

長年付き合っていける友だちもでき、信頼できる教師とも出会えた。部活にも入り、私は高校生活を楽しむことができたのだった。

少し頑張れば成績も上がり、私は少しずつ自信をつけていった。

その高校は、二年から進学コースと就職コースに分かれるシステムになっていたので、卒業後、進学するつもりがなかった私は就職コースに進んだ。成績のいい子はほとんど進学コースに進んだので、私はクラスで首位となってしまった。レベルを考えると、胸を張れることではないのだが、小さい頃からずっと「ダメな子」「できない子」と言われ続けた私にとっては嬉しいことだったのだ。

そんな私を、ようやく母は認めてくれたのだと思う。トゲトゲしさが消え、私は生きやすくなったのを感じた。

長年過ごしてきた物置部屋を卒業し、あまり使用されることのない二階の客間を、私の部屋として与えられたのも、ちょうどその頃であった。

やっと友だちを呼ぶことができる、と私は嬉しくてしょうがなかった。

しかし、何があっても学校に行かせられるのは相変わらずだった。熱があっても頭痛でつらくても、学校に来る私を見て、

「休めばいいのに、大丈夫？」

と友だちは心配し、同情してくれたが、私は保健室にも行かず、休み時間になると、机に突っ伏して耐えるしかなかった。

おかげで高校は皆勤賞だったのだが、あまり嬉しくない。元気いっぱいに行けたのならいいが、無理やり行かされた嫌な思い出の賞など……と思ってしまう。


高校生活の中で、日常的な母の冷たさを感じなくなっていた。そこに落とし穴があった。私は油断してしまった。気を緩めてはいけなかったのに……。

ある定期テストの時だった。試験監督の教師は、怒ることが想像できないような、とぼけたところのあるおじいちゃんの先生だった。その時、私は隣の子から声をかけられた。

「ねぇ、ちょっと見せてよ」

「えっ」と思った。

ダメなことだし、見せたくなかった。

しかし断れなかった私はつい、そっと答案用紙をずらして見やすくしてしまった。カンニングをさせてしまったのだ。

自分がカンニングをしたわけではないのだが、私はダメなことをしてしまった。なぜ断れなかったんだ、と後悔し、落ち込んだ。そして、その落ち込みを家まで持って帰ってしまった。そして母に見つかり、

「どうしたの、何かあったの?」

と問い詰められた。

私はこたえてはいけなかったのだ。

なんでもない、と言っておけば良かったのだ。

しかし、つい言ってしまった。

「隣の子がね……」

と本当のことを、言ってはいけないことを言ってしまったのだ。

私は少し柔らかくなった母に期待してしまった。優しく、なぐさめてくれる母の言葉を期待してしまったのだ。やはり、その期待は見事に裏切られた。

「何やってんのよ!」

思いきり叱られた。

「そんなのはっきり断んなきゃダメでしょ!」

また毒の矢が飛んできてグサリと刺さった。

そんなこと、分かってるよ。
分かってるけどできなくて落ち込んでるんだよ。
そんなこともお前は分からないのかよ。

心で叫んでいたが、言葉には出せない。
母の言葉が情けなくて泣くしかない。

期待などしてはいけないのだ。なぐさめなど、この人からもらえるはずがない、と分かっているのに。
この人は、私が穴から一生懸命這い上がろうとしているのに、それを見て、穴のふちにかけた手を踏みつけて、穴の奥へ突き落としてしまうような人なのだ。

その頃の母との関係で一つだけ良かったことがあった。服を買ってもらう時は、いつも母の好みの物でないと買ってもらえなかった。

母は、自分の服を買う時は、私を飽きるほど待たせたまま、あれでもないこれでもない、と迷っているのに、反対に私が決められずにいると、

「もう、早くしなさいよ！」

と怒るのだ。

しかし決められないのには訳があった。

私は色のキレイな物や、形が可愛い物が着たいのだが、

「これがいい」

と母に見せると、

「あんたには似合わないでしょ！」

とピシャリと言って買ってくれないのだ。しかし、私は母の好みの地味なデザイン、紺色やグレーなどの暗い色など、まるで制服のようで選びたくないのだ。母はイライラと待っている。仕方なく私は、欲しくもない「母の好きそうな物」を一枚手に取り、

「これにする」

と母に差し出す。

「これでいいのね」

母は服を摑むと、さっさと済ましてしまいたい様子で、ズンズンとレジへ行って支払いを終え、帰る。その繰り返しだった。

高校の修学旅行が近づいたある日、基本は制服だが私服も必要、ということで母と買い物に出かけた。

私はそこで可愛い服を見つけたのだ。今でもはっきりと憶えている。ペパーミントではないが、少しグリーンがかったきれいな水色のジャンパースカートだった。形も可愛かったのだ。一目見てとても気に入り、母の好みではないと思ったのだが勇気を出して、

「これがいい」

と母に言ってみた。

珍しく、何も文句を言わずに買ってくれた。

私は旅行の時、初めてお気に入りの服を着ることができて幸せだった。水色のジャンパースカートには、真っ白なブラウスを合わせた。その服を着て満足し、友だちと一緒にニコニコして写っている写真が、今でもどこかにあるはずだ。

高校卒業後の進路を決める時、私は進学するつもりはなく、親や担任の教師にも、就職したいと伝えていた。特に親からの反対もなかった。

ある日、進路指導の教師との面談があり、「就職を考えている」と伝えた。するとその教師は私に言ってくれたのだった。

「お前は成績もいいんだから、進学を考えてみたらどうだ」

そして私はなぜかその言葉を聞いたとたん、コロッと気が変わり、その気になってしまったのだ。そして気が変わったとたんに、「行くなら保育科だ」と思ってしまった。

小さい子は可愛い。

中学生の頃だったろうか、隣に住んでいた赤ちゃんを抱っこさせてもらったことがある。その子は、最初ニコニコと機嫌良く私に抱っこされていたのだが、そのうちスヤスヤと気持ち良さそうに眠ってしまったのだった。天使だ、と思った。電車の中などでも、抱っこされている赤ちゃんを見ると、ついあやしてしまい、笑ってくれると幸せな気持ちになった。高校生の私は、子どものために保育士に、というよりも……もしかすると癒しを求めていたのかもしれない。

親に進学したいと話すと、反対されることもなく応援してもらえた。ピアノは必須なので、母の知人の紹介で教室に通わせてもらった。もちろん、小さい頃の嫌いな教師ではなく別の所だ。短期間とはいえ、幼い頃に習っていたので、多少は指が覚えていてくれたので助かった。夏休みには、保育科受験生向けの研修にも行かせてもらえた。

高校の時も、風紀検査など顔パスされてしまうくらい真面目で通っていた私は、ここ、と決めた短期大学に推薦してもらい、無事合格し入学。保育士資格を取得し、就職先が決まると、保育士として社会人生活をスタートさせたのだった。

自由

保育の仕事は大変でもあったが、人間関係は良かった。厳しいことを言われた時もあったが、大体は納得できるアドバイスだった。子どもは思い通りにはいかず、困ったこともいっぱいあったが、やはり可愛かった。同期も多かったので孤独にもならず、一緒に遊びに行ったりする楽しみもあった。

何よりも、社会人となった私は自由になったのだ。私は、仕事を頑張りつつ自分を解放していった。

保育士の給料はそんなに高くはないが、家に多少の生活費を入れ、多少の預金をし、それでも残った分は自分の物で、自由に使えるお金が手に入るようになったのだ。

私は、お買い物が楽しくてしょうがなかった。そこには「早くしろ」「そんなの似合わない」などと言ってくるうるさい母はいないのだ。いくらでもゆっくり時間をかけて好きな物が選べるというのは幸せだった。

私は、「やりたい」と思ったことは片っ端から始めてみた。

まず始めたのは合唱で、「第九を大きいホールで歌えるよ」と知人に誘われ参加してみた。毎週の練習、日曜の特別練習、合宿まであったが、大きいホールで交響楽団の迫力ある音を身近に感じながら歌う。感動でしかなかった。そしてはまってしまった。

他の曲も歌いたくなり、他の合唱団に移ったりしながら「メサイヤ」「レクイエム」など次々に歌っていった。東京文化会館やサントリーホール、武道館でも歌った。


合唱を楽しみつつ、乗馬にも挑戦したし、次はバイクの免許も取得した。

友だちの彼氏がバイクを持っており、ある日乗せてもらえることになった。友だちが車を出してくれるというので一緒に行き、富士山の方だったと思うが、向こうに着くと順番に後ろに乗せてもらったのだ。乗せてもらいながら、私は思ってしまった。「これは乗せてもらうものではない、自分で乗るものだ」と。

私はすぐに教習所に通い、普通免許を取る前に、バイクの免許を取ることにした。まず小型から取って、次に中型まで取った。

教習所ではバイクを起こすことから始めるのだが、これが大変なのだ。重い、とても重いのだ。当たり前なのだが。ブレーキの教習の時には生憎の雨で、思いきりスリップして転倒、腕をひどく擦りむき、治るのにかなり時間がかかってしまった。

しかしなんとか免許を取得し、手に入れたのは小型のオフロードバイクだった。

母は免許を取ることにも、バイクを買うことにもたいして反対していなかった。しかし、私が乗って帰ってきたバイクを見ると、さすがに面食らっていた。母はミニバイクだと思っていたのだ。しかもオフロードは小型でも大きく見える。

「何それ、そんなに大きいって知らなかったわよ！」

と、とたんに反対しだしたのだ。

だんだん気持ちが強くなっていた私は、無視してバイクに乗りに行った。すると家庭内絶縁状態になってしまった。

「あんたのことはもう知らない。何もやってあげない、勝手にしなさい！」

母の心配をよそに、私は勝手にさせてもらった。

母はそもそも私の体の心配などしていたのだろうか。昔、私が死にかけていても知らん顔の母だったのだ。どちらかというと、まだ当時は女の子がバイクに乗ることが少なかったので、世間体を気にしていたのでは、と思ってしまうのだ。

もう大人だし、何もやってもらわなくてもなんの問題もない。朝食など元々作ってもらっていなかったし、お昼は給食があった。夕食は用意してもらってはいたが、外食も多かったし、食事などどうとでもできた。

洗濯は、昔は洗濯機が二層式でめんどくさかったので、洗濯板を買ってきて、お風呂に入った時に洗って済ませた。

家を出た方が楽かなぁ、と不動産屋を覗き、私の給料でやっていけるかなぁと計算をしていると、全く気にしていない私に母の方から折れてきた。

「洗濯物、一緒に洗うから出しなさい」

と言ってくれたので、

「ありがとう」

とありがたく受け入れ、絶縁状態は終了したのであった。

家を出ることは取り止め、その分、使わずに済んだお金はやりたいことに使うことにして、私の実家暮らしは結婚するまで続いた。

バイクは北海道ツーリングが目標だった。友だちと計画し、夏休みを取ると北海道まで行って走ってきた。すごく楽しかったのだが、みんなバイクですれ違う時は、ピースサインで挨拶してくれるのだが、へなちょこな私は「片手を離す」ということが怖くて、情けないピースサインしかできず、恥ずかしかった思い出がある。

目標を達成し、満足した私は、その後、記録的な天候の悪さが続いたこともあり、バイクに乗らなくなり、そのうちバイクは動かなくなってしまったので、人に譲ってしまった。両親も一安心したようだった。

セスナの操縦もしてみたくて、免許を取ろうと思ったのだが、調べてみると、保育士の給料ではとても無理だと分かり、諦めた。

第九に乗馬、バイク、どれも私が始めて数ケ月もすると、テレビや新聞などで、今、流行っているものだと紹介されたりして、「お、私ってすごい?」などと心の中で得意になっていたりした。

そして私は三十歳目前にして、本当にやりたかったことにたどり着いてしまった。

幼い頃から憧れていたバレエだ。

今のように「大人バレエ」などという言葉などなかった。バレエは小さい頃から始めないといけないものだと思っていた。しかし、私はある日、本屋でお稽古事がたくさん載っている情報雑誌をパラパラ立ち読みしていて見つけたのだ。ダンススタジオの所に「バレエ」「大人」「初心者」という文字を。

大人でもバレエが始められる⁉　信じられなかった。

すぐその雑誌を買い、最短で行ける日に見学に行き、すぐ申し込み、入会した。

さっそくチャコットに行き、レオタード、スカートにタイツ、シューズと一通り買い揃えると、ワクワクしてダンススタジオに行った。

先生が一通り動きを見せてくれる。次に、音楽が流れてその音に合わせてレッスンするのだ。その一通りを覚えるのが大変で、まわりの人の動きを見ながら必死についていった。

大変だったが、あれほど憧れたバレエを、私は今、ようやく習うことができたのだ。こんなに嬉しいことはなかった。

週に一回から二回、行ける時は三回、とレッスンに通う日は増えていった。長年やっていた合唱はやめて、バレエに集中した。他のスタジオでも大人を受け入れてくれる所を見つけると入会し、数ケ所スタジオを掛け持ちして、仕事の終了時間に合わせて、あっちのスタジオ、こっちのスタジオ、と飛び回っていた。休みの日にはレオタードを数着持って、午前、午後と別の所でレッスンした。不思議なくらい疲れなかった。

発表会もあり、目標ができた私は、たいして太ってもいなかったが、舞台に立つ以上は痩せないと、とダイエットも頑張ってしまった。目標があって、たいして苦もなく痩せてしまったので、私は全く元気で大丈夫のつもりだったのだが、まわりの人たちは「大丈夫？」と、病気なのではと心配して声をかけてくれるほどだった。ついやりすぎてしまったようで、発表会が終わってから病院に通うことになってしまった。

数年レッスンし、四回目の発表会だったと思うのだが、ついに憧れのポワント（トウシューズ）を履いて発表会に出られることになった。小さい頃夢見たように、妖精のように軽やかに踊れはしなかったが、きれいな衣装を着て、ティアラを着け、お姫さまにはなれたのだった。

ライトを浴びて、客席からは温かい拍手、踊りはとても完璧とまではいかなかったが、私は満足し、お姫さまになりきり、笑顔でレヴェランス（お辞儀）をして締めくくれたのだった。

もう一つ忘れられない思い出がある。

ある日、テレビか雑誌を見ていた時、今はもう走っていない寝台特急「北斗星」が紹介されていた。それを見た私は、北海道へ一人旅がしたくなってしまった。

狙うのはもちろん「北斗星」の個室だ。鉄道ファンなら一度は乗ってみたい、と思う憧れの個室だった。私は鉄道ファンではないのだが、とても素敵で、乗るならこれだ。と思ってしまったのだ。

一人で計画を立て、個室のチケットを買う準備をした。仕事を休むか半休を取るかして、発売日のみどりの窓口に朝早くから並んだ。一番に並んだのだが窓口の係の人は、

「取れるかなぁ。難しいですよ」

と言った。発売と同時に売り切れてしまう、ということは前から聞いていた。

「やってみましょうね」

係の人は、すぐに打ち込めるようにスタンバイしてくれた。たしか午前十時ちょうどに発売開始だったと思うが、時間と同時に打ち込んでくれた結果、

「あ、取れましたねぇ」

と、にこやかに言ってくれたのだ。私は思わず、

「ありがとうございました！」

と、深々と頭を下げてしまった。

あんなに取れないチケットなのにと、係の人も驚いていた。

私は計画していた夏休み、北海道一人旅に出発した。

「北斗星」の個室は、噂通り本当に素敵だった。まるでホテルのようだ。トイレ、シャワー付き、〝寅さん〟しか見られないがテレビまであった。

夕食は、せっかくなのでフランス料理のディナーを予約しておき、のんびり頂いた。暗くなるのが待ち遠しかった。室内には、夜光塗料で富良野の風景が描かれており、暗くなると浮かび上がるようになっているのだ。

眠るのがもったいないくらいだった。午前四時頃だったろうか、青函トンネルを通る。海の底に駅があるらしいので、そのあたりの時間に起きて、外を見ていた。そのうち駅が現れた。「ここは海の底なんだ、本当に海の底に駅があるんだ、すごいなぁ」と、子どものように感動してしまった。

富良野はラベンダーと、色とりどりの花のじゅうたんが美しかった。網走の原生花園は花がほぼ終わってしまっていて残念だったが、大雪山に登った時の高山植物は可愛かった。

黒岳に登ったのだが、一人歩いているとリスが現れた。するとリスはなんと道案内をしてくれたのだ。リスが私の前をちょこちょこと先に行き、待っていてくれる。追いつくとまた前に進むのだ。

「案内してくれるの？　ありがとう」

と、リスと一緒に歩くことを楽しんだのだった。

美味しいものもいっぱい食べた。知らない人ともたくさん話し、お世話にもなった。

友だちと一緒に行くのはもちろん楽しいが、たまには一人のんびり、自分のペースで行くのもいいものだなぁと旅を満喫して帰ってきた。

小さい頃は悲しい思い出が多かったが、大人になった私は、楽しい思い出をいっぱい作ることができた。「生きていて良かったなぁ」と思える瞬間をたくさん感じられた。

デリカシーのない母からは、相変わらず毒の矢が飛んでくることはあったが、強くなった私の心にはもうグサリ、と刺さることはなく、せいぜいチク、と刺さって涙がにじむ程度で、致命傷となることはなかった。

友だちと食事や飲みに行ったり、国内、海外と旅行に行ったり、コンサートにテーマパーク……世界は楽しいことであふれていた。世の中はバブル期、私だけでなく、みんなが生きることを楽しんでいた気がする。
結婚するより、好きなことをやっている方が楽しかった。友だちは次々結婚していった
が、あまり気にはならなかった。全くもてないわけではなかったので、結婚したくなった
ら、その時にすればいいかナ、とのんびり構えていたのだった。
子どもは欲しいと思っていたので、そろそろ結婚した方がいいなぁと思っていたところ、
ちょうど主人と出会い、ついに結婚。ウェディングドレスは一目見てこれ！　と気に入っ
たものを見つけ、まだ似合う歳にギリギリ間に合った、などと思っていた。
なかなか嫁に行こうとしない娘を、どうするんだ、と心配していたであろう両親を、よ
うやく安心させてあげることができたのだった。
あの結婚までの楽しかった十数年間、それは神様からの贈り物だったのかもしれない。
「あなたはこれから苦労するから、今のうちに楽しんでおきなさい」
と……。

結婚、出産、そして……

主人は地方に住んでいたので、最初母は「そんなに遠くへ行かなくても」と反対気味であった。しかし、そんなことは気にせず、私は結婚し、地方へ嫁いでいくことになり、仕事は辞めた。

主人の収入で十分暮らしていけそうだったため、とりあえず専業主婦で新婚生活をスタートした。バレエも続けたかった私は、

「また来るので退会にしないで下さいね」

などとダンススタジオの先生にお願いしてあったのだが、間もなく妊娠していることが分かり、結局バレエには行けなくなってしまった。

子どもはすぐに欲しかったので、妊娠が分かった瞬間「ママになれるんだ」と本当に嬉しかった。

さっそく役所に母子手帳をもらいに行くと「マル高」（高齢出産）のハンコをしっかり

押された。

「すみませんね、決まりなので」

と、役所のおじさんが申し訳なさそうに謝ってくれた。私は心の中で「いえいえ、その分楽しんでいたのは私なんですから」とこたえ、にこやかに受け取ったのだった。

お腹の子は順調に育ち、安定期に入ると、病院で紹介されたマタニティビクスなどに通い、からだをいっぱい動かしながら、子どもが産まれる日を待っていた。

子どもの性別は聞かないでおいた。主人と「楽しみにしておこうね」と、産まれるまで待つことにしたのだ。出産準備では男の子、女の子、どちらでもいいようにイエロー系の物を多く買った。どんどん増えていく赤ちゃんの物を、部屋いっぱいに置いたり吊してみたりして、まるでお店屋さんのようにして写真を撮ったりもした。

手芸が好きだった私は、くつ下を編んだり、寝かせるカゴをもらったのでカバーを作ったり、母子手帳のカバーを作ったりと毎日楽しく過ごしていた。

無事、可愛い女の赤ちゃんを出産した。

主人を始め、まわりの人たちはみんな喜んでくれた。

私は、自分が悲しい子ども時代を過ごしてきたので、自分の子はいっぱい可愛がってあげようと思っていた。いっぱい抱っこして、いっぱい遊んであげて、絵本もいっぱい読んであげて、楽しい思い出も山ほど作ってあげたいと思っていた。

子どもは本当に可愛かった。親バカだと思うが、世界一可愛い、と本気で思っていた。よく笑い、よくミルクを飲んで、よく寝て、ほとんど夜泣きなどしなかったと思う。体調を悪くすることもあまりなく、育児は全く苦にならなかった。天気のいい日はベビーカーで散歩したり、少し大きくなったら芝生に座らせてボール遊び、小さな砂場を用意してあげれば、砂だらけになって遊んだり、毎日が笑顔で暮らせていた。

私の母はというと、孫には甘く優しかった。産まれたことを大喜びして、とても可愛がってくれた。私の時となぜこうも違うのかと思ってしまった。私もこんな風に可愛がってくれれば、と嫉妬してしまうくらいだった。父ももちろん大喜びで可愛がってくれて、私の娘は私の両親が大好きだった。

時間がある時は、主人が車で実家に連れて行ってくれて、数日のんびり過ごしたり、反対に両親が電車で泊まりがけで来てくれたり、実家との関係も良好であった。

のんびりした幸せが続いてくれれば良かったのだが……そうはならなかった。

主人の父は結婚する前に亡くなっており、義母は義妹と暮らしていた。娘が一歳の時、義妹の結婚が決まり、お嫁に行くこととなった。もちろんおめでたい話である。しかし、そうなると心配なのは義母のことだ。義母が一人で暮らすことになる。義母はすでに足腰が弱くなっており、身のまわりのことは自分でできるが、「すべてを一人で」というのには不安があった。

義妹の結婚式が行われ、次の日にさっそく主人と義母の様子を見に行った。まずやらなくてはいけないのは掃除だった。掃除をしないことには娘を下におろすこともできない。犬が一緒に暮らしているので大分汚れているのだ。娘をおぶって掃除をして、片付けをして、買い物や食事の用意もして、終わるとぐったりして帰ってきた。

それから私は、主人が行かなくても、娘を連れて義母のところへ手伝いに行くようになった。

車で行き、下りる時に娘をおんぶする。それから、犬が娘に吠えるので犬をベランダに出す。そして掃除だ。きれいになったところで、ようやく娘を下ろすことができる。

ゴミをまとめたり、買い物をしたり、「もう薬がなくなったんだよ」と言う義母を、娘をおぶったまま病院に連れて行ったこともある。いくらでもやることはあった。

あまりにも大変なので、私は主人に、義母を家に引き取ろうと話をした。義母の元へ通うより引き取ってしまった方が楽だと思った。

義母を説得し、家に来てもらった。しばらく家で暮らしたのだが、居心地は良くなかったようで、「家に帰りたい」と泣き出してしまった。心配だったのだが、主人が車で送っていき、一旦帰らせてしまった。しかし、帰って次の日だったろうか。転んでしまったらしく、動けなくなったと必死に連絡してきたのだ。そして、義母は私たちの家で共に暮らすこととなった。

近くに往診してもらえる病院があり、助かった。診てもらうと、骨折はしておらず、打撲だけだったようでホッとした。痛みが引くと動けるようにもなり良かったのだが、そこから私の介護生活が始まったのであった。

義母を引き取って数ケ月してから、私は二人目の子を妊娠していることが分かった。子どもについては「二人は欲しい」と思っていたので、とても嬉しかったのだが、子育て、介護、妊娠、トリプルである。やっていけるかと不安になった。

義母は、たぶん環境が変わり不安定になっていたのだろう。元々足腰が弱く、物忘れも進んでいた状態だったので、環境の変化で認知症が進んでしまったのだと思う。

不安定になって泣いたり、あるのかどうかも分からない失くし物を探すようになった。かかりつけの病院にケアマネージャーさんがいてくれたので、色々お世話になり、デイサービスを紹介してもらった。通所するようになり、ヘルパーさんにも週に一度来てもらって、掃除、洗濯などもやってもらえるようになった。おかげで私は本当に助かり、少しほっとできる時間が持てるようになった。


私は二人目の子どもを無事出産した。二人目も可愛い女の子だった。私は、二人の娘の母となったのだ。それからが大変だった。

私はあまり母乳が出なかったので、娘には主にミルクを飲ませていた。ある夜中、娘にミルクを飲ませていると、義母が起きてきてリビングのドアを開けた。

「お腹が空いたんだよ。何かちょうだいよ」

「今、ミルク飲ませてるから少し待っててね」

と言ったのだが、義母は待っていられずにキッチンに行き、何かを探していたようだ。ほどなくして、

「これ、あったからもらうね」

と、みかんとバナナを持って自分の部屋の方へ戻っていった。その直後だ、義母の叫び声が聞こえた。壁を伝って歩いていたところ、転んでしまったのだった。

私は抱っこしていた娘を近くの布団に寝かせると、義母を見に行った。痛くて動けないようだ。あわてて二階で寝ている主人を呼びに行った。こんな騒ぎになっているのに眠りこけている主人に腹が立った。

私は、あわてて訳の分からないことを叫んでいたようで、主人は、

「何？」

と寝ぼけている。

「何言ってんのか分かんねぇよ」

ブツブツ言っていて、なかなか起きてくれない。こんなに私があわてているのに、大事だとなぜ分からないんだ。とりあえず早く起きろ、と思いつつ私はイライラした。

ようやく主人が起き、痛がる義母を抱きかかえて布団に寝かせた。義母はつらいようで、

「痛いよー、痛いよー」

と、ずっと叫んでいる。

私は救急車を呼ばなくても大丈夫なのかと心配したのだが、主人は義母が転ぶことに慣れてしまっていたようで、とりあえず寝かせておくことにした。

次の日も痛がる義母を心配し、私はいつもお世話になっている病院に連絡をしてみた。

「骨折していなくても大丈夫だから、救急車呼んでみたらいい」

と言ってくれたので、私は初めて救急車を呼ぶために電話をかけた。

義母は大腿骨を骨折しておりしばらくの間、入院となった。本当は「小さい子は連れて来ないで下さい」などと書いてあったが仕方ない。私も赤ちゃんを連れて行きたくはないが、下の子をおぶってお見舞いに行った。医師から話を聞いたり、着替えを持っていったりする必要がある。しばらくして義母は退院したが、体力はますますなくなり、認知症も進んでいた。

私は幼い娘のオムツを替えながら、義母のオムツも替えなければいけないのだ。入浴のサービスも受けていたが、時には家でもお風呂に入れ、着替えも手伝い、食事は部屋に運んだ。

義母の認知症はその後も進み、夜中に騒ぐようになった。私の名を、私が行くまで呼び続けるのだ。そして、騒ぐ理由には必ずお金が絡んでいた。

「私の財布がない」

「私の通帳がない」

「ここに入れておいたお金がない」

その度に私はあちこち探し回り、

「これですか、ありましたよ。良かったですね」

と渡すと、ようやく安心して静かになるのだった。睡眠導入剤も処方されていて飲んだりもしていたのだが、義母にはあまり効かないようであった。


私は娘たちに絵本を読んで、子守歌など歌いながら、ゆっくり眠りにつかせてあげたかった。義母が家に来るまでは、上の子をそうやって寝かせていたのだ。娘は絵本が大好きな子になっていった。

娘たちを布団に入れ、「今日はこれがいい」と選んだ本を読み始めると、娘たちは嬉しくてニコニコして聞いている。

しかしそこへ、毎晩のように私を呼ぶ声が聞こえてくるのだ。行かないと叫び続けるので行くしかない。私は娘たちに、

「ごめんね、おばあちゃん呼んでるね、ちょっと行ってくるから待っててね」と言って娘から離れる。娘たちはいつも文句も言わず、おりこうさんで待っていた。上の子は三歳下の妹の面倒をよく見てくれる優しいお姉さんだった。私のかわりに妹に絵本を読み聞かせたりしながら待っていてくれるのだ。

義母は私が財布や通帳を盗ると思い込んでいた。盗られまいとして布団の下や、タンスの着物の間に隠してしまうので、自分でどこに隠したのか分からなくなってしまって私を呼ぶ。

行ってみるとやはり「財布がないんだよ」と言う。私はあちこち探し、見つけて渡し、義母を安心させてから娘たちの元に戻る。すると娘たちが先に寝てしまったり、待っていた娘たちに話の続きを読んでいるうちに私が疲れて眠くなってしまい、「ママ!」と怒られ、それでも起きられず寝入ってしまったりすることもしょっちゅうあった。「あっ!」と目が覚めて、眠っている娘たちの顔を見ながら「ダメなママでごめんね」と情けなくて、悲しくて泣けてしまった。

義母の認知症は進んでいき、私に対しての暴言がひどくなっていった。

お金や通帳を隠しては、どこに隠したのか忘れ、すべて私が盗ったと思い込んでしまうのだ。義母からすれば信用できない嫁、ということになってしまう。

騒ぐのはほとんど夜になってからであったのだが、だんだん昼間も騒ぐようになっていった。ふすまの向こう、義母の部屋から叫び声がする。

「泥棒ー、私のお金返せー!」

「悪いことばっかりして、私は全部知っているんだぞー!」

私は恐ろしくなってしまった。

義母は病気なんだ。病気なんだから仕方ないんだ。本当はそんな人ではないんだ。

……私は一生懸命自分に言い聞かせていた。

デイサービスでもお金のことを話していたらしく、そこのスタッフさんたちも分かってくれていて、ある日、義母を送ってきた時、

「お義母さん、お家でもお金のこと言うでしょう、でも、みんな分かっているから、大丈夫だからね」

と、私に温かい言葉をかけてくれたことがあった。理解してもらえているというのは大きな安心だった。分かってくれる人がいると思うと嬉しくて、私はその場で涙が込み上げ

てきた。

あの頃の私は不安定だったのか、しょっちゅう泣いていた気がする。

でも、私は子育てと介護が同時であって良かったと思っている。

娘たちは幼いながらよく分かっていたようで、義母が私にひどいことを言っても、義母に対して悪口を言ったり、冷たい態度を取ることはなく、私にも義母にも優しく寄り添ってくれていた。

ある日、義母とお金のことで、盗った盗らない、と少し言い争いになったことがあった。義母は怒り私をたたいた。私は思わずたたき返したくなったが、必死にこらえた。その様子を見た義母は、

「私をぶつの⁉」

と激しく言った。

「ぶったのはお義母さんですよね！」

と大声を出した。

その騒ぎを聞きつけ、娘たちは心配して様子を見にきた。歯を食いしばり、涙ぐむ母を

見て娘は、

「ママ、がんばれ、がんばれ」

と優しく、温かい小さい手で、頭をなでて励ましてくれたのだった。

昔、あんなに母に優しくそうして欲しい、と願っていたことを、娘がかわりにやってくれていた。

娘たちは私にとって天使だった。

頑張る私に、神様が送り込んでくれた天使だった。

しかし反面、子どもたちには可哀想なことをしたと思っている。介護で毎日が忙しかったこともあり、私自身も疲れきっていることが多く、子どもといっぱい遊んであげたいのに、ゆっくり遊んであげる時間がなかなか取れなかった。そんな私を見て、娘たちはわがままも言わず「おりこうさん」にしていてくれた。

子どもたちは、仮に何か不満があっても言い出せなかったのではないか、と思った。私は母と同じことをしてしまっているのではないかと自分を責めもしたが、どんどん気力は失われていくばかりであった。

上の娘が小学校に入り、初めての遠足の日だったと思う。帰ってくる頃に迎えに行くことになっていた。その時間が近づき、そろそろ出ようという時だった。下の娘が私の所に来て、

「おばあちゃん、血が出てる」

と言うのだ。

義母は頭から出血していた。あわててタオルを持ってきて押さえた。

「こうやって押さえていて下さい」

まだ年少さんだった下の娘に、

「すぐ帰るから、おばあちゃんのこと見てて」

と無茶なことを言い、私は上の子を迎えに家を飛び出し、走った。

娘は遠足からの楽しい時間の延長で、友だちと嬉しそうにおしゃべりしながら帰ってきたところだった。

なのに私は、その楽しい気持ちをぶち壊すしかなかった。

「おばあちゃん怪我したの、病院連れて行かなきゃなの。悪いけど妹のことを見てて」

私は上の娘に頼んだ。

娘はすでに、帰ったらまた友だちと遊ぶ約束をしていたのだった。

「だって、遊ぶ約束したんだよ」

「ごめんね、でもおばあちゃん怪我してるんだよ、血が出てるんだよ」

私は少しパニックになっていた。

上の娘は目にいっぱい涙をためて我慢してくれた。私はあわてて家に帰り、娘二人に留守番をさせて、義母を病院へ連れて行った。

義母はタンスにお金の出し入れなどしていて、タンスの角に頭をぶつけて切ってしまったようだった。頭を何針か縫ってもらい帰宅した。

娘たちはやはり「おりこうさん」にして待っていてくれて、私と義母が戻ると安心してくれたのであった。


主人はというと、仕事の関係で忙しい人であった。夜の十一時を過ぎることなどざらにあり、日付が変わって午前一時、なんてことも珍しくなかったのだ。しかも帰ってから必ず食事をするので、私は義母を安心させ、子どもたちを寝かせ、自分も少し仮眠をする。そして主人が帰ってきたら、食事の用意をするのだ。今思うと私は健気だったと思う。遅くなってもレンチンはかわいそうだと思い、食べる直前に魚や肉を焼いていた。なので、片付けてから寝ると午前一時頃になってしまうことが多かった。

今でいう「ワンオペ」だ。子育てだけでなく、私は介護までワンオペだった。介護の方は行政サービスをなるべく利用させてもらってはいたが、朝、夜は一人ですべてやるしかない。

休日はというと、主人は自分のスキルアップのために時間を使い、あまり子育てや介護には協力的ではなかった。

「たまには子どもの面倒見てよ」

「公園にでも連れて行って遊んであげてよ」

と頼んでみた。すると、

「その間お前は何してるんだよ」

「私は掃除や片付け、いっぱいやることあるでしょう」

「なんだよ、楽したいだけじゃないか」

と逆ギレされた。

家事をするというのに楽がしたい？　訳が分からない。

主人は一人で子どもの面倒を見るのが苦手だったのだと思う。私に用事がある時は、子どもと留守番をしてくれた。家族そろっての旅行やピクニックは喜んで行ってくれた。しかし、私抜きとなるとダメなのだ。

それでも私に言われ、下の子がお昼寝をしている時に、上の娘と虫取り網を持って出かけてくれたことがあった。しばらくすると、虫取り網をポッキリ折って帰ってきたので笑ってしまった。結局、主人が私抜きで娘たちと出かけたのは、二回か三回？　そんなものなのだ。私は買い物の時など、お父さんと小さい子が仲良く買い物している姿を見るとうらやましかった。もっと早く「イクメン」という言葉が流行れば良かったのに……。

家事もほとんどやってくれず、

「たまにはやってよ」

と頼むと、

「会社でだれもやってねえよ」

と返されたが、その後少しずつ手伝ってくれるようになったので許すことにした。

介護で疲れ、主人はいつも帰りが遅い。そんな状況に私は疲れ、いっそ主人が浮気でもしてくれれば、などと思ってしまった。そうすれば子どもを連れて実家に帰れるのに、と。両親は喜んで受け入れてくれるだろう。娘たちは小学校と幼稚園に通っているし、そんなに手はかからない。両親に見ていてもらえば、私は保育士の資格があるので、仕事などいくらでもあるだろう。と本気で考えていた。しかし、主人は浮気することもなく（たぶん）……子育てと介護の生活は続いたのだった。

義母は穏やかな日もあった。そんな日は、

「毎日ありがとうねぇ」

と言ってくれて、昔住んでいた家のことを思い出して話してくれる。

「梅の木があるんだよ。梅の実、だれかが持ってっちゃうねぇ」

「栗の木もあるんだよ」

大体同じ話なのだが、その時は優しい顔になるのだった。

子どもたちにも優しかった。時々子どもたちが部屋に入り込み、義母の頭をなでたりしながら、

「おばあちゃーん」

などと言うと、義母は、

「来てくれたんだねぇ」

とニコニコしていた。

いつもそのように穏やかでいてくれるといいのだが、なかなかそうはいかない……。


私たち家族は、ショートステイを利用して義母を預かってもらい、時々旅行に出かけたりして、息抜きはしていた。

しかし、私には限界が来ていた。

私の心とからだはストレスに耐え切れず悲鳴を上げ始め、度々胃がキリキリと痛むようになってきていた。市販薬を飲んでいたが良くならず、ひどく痛むので受診すると十二指腸潰瘍と診断されたのだった。


ある日、私は義母の部屋の前で庭仕事をしていた。義母は窓辺で外を眺めていた。すると、義母は私に向かって怒鳴り始めたのだ。

「泥棒！　私の家の前を通るんじゃない！」

義母には私だと分かっているはずだ。

「ここは私の家ですよ！」

怒鳴り返してしまった。

「ああそうかい！」

また義母が怒鳴る。

私は、義母の見えない木の陰に座り込むと、「うわー！」と思わず大声を出し、泣いてしまった。

もう無理だ、と思った。今まで主人のお母さんだから、お年寄りだから、病気なんだから、と思って精一杯優しくお世話してきたつもりだったが、「もうこの人に優しくするなどつらすぎる」と思ってしまった。

昔、私が独身の時に友だちと話していて、

「限界って自分で決めるものでしょう」

と言って、「ん？　私、今、何かカッコイイこと言った？」などと心の中で得意になっていたのだが、いざ限界を感じるとなると、カッコイイどころの話ではない。身も心も疲れ、やりきった満足感など湧いてこない。

介護は哀しい。人の心が壊れていくのを誰も止めることができない。そして、身近にいる人の心まで壊していってしまうのだ。

夜、主人が帰ってから話した。

「ごめん、もう無理だよ、おばあちゃんの面倒、もうみれないよ」

主人は分かってくれて、施設を探し始めた。

主人はようやく、何も頼まなくても手伝いをしてくれるようになり、仕事に行く前にオムツを替えたり、休みの日にはお風呂に入れてくれるようになった。

いつもお世話になっているかかりつけの先生も、

「そうですね。家で見るのはもう限界ですね」

そう言ってくれたので私はホッとした。

何ケ所か施設を見学に行っていると、お世話になっている病院の関係の施設で、新しくグループホームを作っていると知った。入所を勧められ、お世話になることになった。

その頃、介護を始めて五年経っていた。認知症も進んでしまったので、私はひどく疲れを感じていたのだ。「お前はよくがんばったよ」と、自分で自分をほめていた。

義母がグループホームに入所し、義母がいない初めての夜だった。眠りについた私は「はっ」と目が覚めた。義母の部屋の引き戸がスッ、と開き、義母が廊下をいざって進む、ズッズッという音が確かに聞こえたのだ。私は自分を呼ぶ声が聞こえるのでは、と身構えた。いやいや、義母はもうここにはいないのだ。

義母がいなくなっても呪縛から逃れられないものなのか……。

その後も数日の間、私はこの物音で目を覚ましたが、いつの間にか聞こえなくなっていた。

グループホームで数年過ごし、そこでも過ごせなくなると、また別の施設を紹介され移り、計五年ほどお世話になったのち、義母は亡くなった。

「明日、会いに行こうね」と話していた深夜だった。施設から電話がかかってきた。もう一日早く会いに行っていれば、もう一日頑張ってくれていたら、と思ったがどうすることもできない。

私は悲しいのか悲しくないのかよく分からなかったが、涙が止まらなかった。

介護生活は終わったが、神様はまだまだ私を休ませてはくれなかった。主人が脱サラしたのだ。自営業となり、私はまた数年……忙しく、休めない日が続いた。

それから数年が経ち、娘たちが高校生、中学生の時、父が亡くなった。優しく、大好きだった父。

大人になってからはケンカをしたこともあったが、やはり大好きだった。

癌を患い、長くはないと分かってはいたが、いなくなってしまうのはつらく、悲しいことで、最期のお別れの時は、子どものように主人の肩につかまり、泣いてしまった。

母の引越し

母は実家で一人暮らしとなった。父が亡くなっても、母はあまり落ち込むこともなく、落ち着いているように見えた。

母はその頃八十歳近くであったが、まだまだ元気で、自転車で買い物に行ったり、友だちと行き来してお茶を飲んだり、老人会のような所へ自ら行き、レクリエーションなど行って楽しんでいた。

私も、ようやく落ち着いた生活を送れるようになっていた。

主人の仕事の手伝いをしなくてもよくなり、保育園でパート職員として働き始めていた。保育園なので、シフトや行事によって土曜出勤もあったが、ようやく休日は休日としてゆっくり過ごせるようになった。

最初のうちはフルタイムに近い時間で勤めていたが、五十歳を過ぎるともう少しゆっくりしたいと思い、半日の五時間勤務にしてもらった。

時間ができた私は、カルチャースクールに通い始めた。バレエのレッスンを再開したのだ。体力、筋力、脳力、すべて低下していた私にとって、久しぶりのレッスンは、ついていくのが大変だったが、楽しくてしょうがなかった。週に一回のレッスンが待ち遠しかった。

犬も飼い始めており、散歩に行ったりしながら、少しずつ自分の時間を楽しめるようになってきていた。

上の娘は高校を卒業し、大学に進学した。大学は東京だったので、母の所でお世話になることになった。年老いた母も心配だし、娘も助かる。二人でいてくれた方が安心だった。母は私の時と違い、孫を可愛がり、大事にしてもらったので助かった。朝は起こしてもらい、洗濯をしてもらって、食事も作ってもらい、娘はのんびり暮らせたのではないかと思う。

しかし母も歳月には勝てない。娘が大学に通っている四年の間に、少しずつ弱っていくのを感じていた。

ある日、娘から電話がかかってきた。母がインフルエンザにかかってしまったと言う。

「ちゃんと予防接種受けなさいよ」

母には毎年言っていた。

「私はかからないから大丈夫」

と、いつも言っていて、受けようとしないのだ。

「私は病気になんかならないから」

「詐欺とか絶対引っかからないから」

母は妙な自信を持っていたのだ。

しかし、何か変だと思ったのか自ら病院へ行き、インフルエンザだと分かり帰ってきたのだが、そこで力尽きてしまったようだった。

電話をもらったのが夕方か夜で、私は職場の主任へ電話を入れ、事情を説明し、数日休むお願いをした。次の日、あわてて様子を見に行くと、母はすでに起き上がれなくなっていた。母は予防接種を受けていなかったので、重症化してしまったのだ。

夜になり、母はトイレに行きたいと言い出したが、立ち上がることすらできなかった。しかしゆっくりとハイハイの状態で進み出した母は、途中で動けなくなってしまった。私と娘、二人がかりで布団に戻そうとしたのだが、動けない人間というものがこれほど重いとは思わなかった。頑張ってみたが、ほとんど動かせず、冬だし、このままここに寝かせておくこともできない。

私は救急相談に電話をして事情を説明した。これほど重症ではまずいのではないか、と思ったのだ。

「そういうことなら救急車呼んでもいいですよ」

と言ってもらえたので、すぐに119に電話をかけた。

すぐ行けるように着替え、荷物を準備し、次の日学校に行かねばならない娘には「ちゃんと寝て、明日ちゃんと行くんだよ」と指示し、私は外へ出て、救急車が来るのを待った。

救急車が到着し、ああ、これでもう大丈夫だと思ったのだが、そう甘くはなかった。

その年はインフルエンザが大流行した年で、病院はその患者であふれていたのだ。

救急隊の方の話によると、昨日も同じようにインフルエンザの患者さんを救急搬送したのだが、受け入れ先が見つからず、時間もかかってようやく入れたのは、かなり遠くの病院だったらしい。

「でも、動けないんですよ！　どうしたらいいんですか？　このままで大丈夫なんですか⁉」

私は少しあせっていて、思わず詰め寄ってしまった。

「お年寄で、三十八度以上あったら、こうなりますよ」

「病院で診てもらっているんですよね。なら、大丈夫ですよ」

そう言われ、引き下がるしかなかった。

救急隊の方の態度は決して冷たくはない、申し訳なさそうに言っていたので、仕方ないと諦めることができた。

母を布団に運んでもらい、母はようやく落ち着くことができたのだった。

とりあえず、娘と二人ではどうしようもなかったので、救急車を呼んだのは間違いではなかったと思っている。

次の日からが大変だった。寝たきりになってしまった母を着替えさせ、しまい込んであったオムツを探し出して穿かせ、昨日からの大量の汚れ物を洗い、布団を干し、母に少し水を飲ませ、それから買い出しだ。

必要な物は、オムツ、ストロー付きのコップ、消毒薬に消臭剤、ウエットティッシュに手袋に、食べやすいもの……山のような買い物を、母の家にあった自転車に積んで帰ってきた。

なるべく水分をとらせ、おでこを冷やし、三日ほどすると、寝たきりから体を起こせるようになった。少しずつものを食べられるようにもなっていったが、一週間で治すのは無理で、私はさらに一週間仕事を休ませてもらった。

しかし、私はこのまま母が寝たきりになってしまったら……と心配していたので、起き上がれるようになるとほっとした。体力が回復してくると、久しぶりに自分でトイレにも行けるようになり、お風呂にも入れるようになった。

「だからあれほど予防接種受けときなさい、って言ったでしょう」

母を叱りつけると、

「だって大丈夫だと思ったのよー」

のん気なものである。

二週間もすると歩けるようになってきたので、主人に迎えに来てもらい、母を自宅に連れて帰ることにした。約一ケ月ほどリハビリがてら散歩し、少しずつ元気になっていった母は、その後自分の家へと帰った。

母はインフルエンザの件から一年も経たないうちに、今度は骨折してしまった。

私は時々、実家に泊まりがけで様子を見に行っていた。実家は家から電車を使って二時間半ほどの所だった。その時もちょうど実家へ向かっていたのだが、途中で娘からメールを受け取った。「おばあちゃんが転んだので、湿布など買ってきて欲しい」という内容だった。行ってみると、自転車で派手に転んだらしく、アゴや膝から出血し、青くもなっており、あまり動けないようであった。

その日はもう遅かったので、次の日タクシーを呼び、整形外科に連れて行き、診てもらった。膝のお皿にヒビが入っていたようだ。

膝を固定をしてしまうと動きづらくなり、また転んでしまうおそれがあるので、様子をみることになった。

私は仕事をそんなに休めないし、母も病気ではないので、主人に迎えに来てもらい、また自宅に連れて行くことにした。病院には紹介状を書いてもらい、自宅近くの整形外科で診てもらうことにした。

なかなか骨は付かないようだったが、ゆっくりなら歩けるので、トイレにも自分で行き、身のまわりのことも自分でできていたので、あまり介護をする、という感じではなかった。

三ケ月ほど私の家で暮らしたあたりで、「そろそろ一人暮らしはやめた方がいいねぇ」と母に話していたのだが、「もうそろそろ帰りたい」と言う母を止めることはできず、一旦母を実家に送っていった。

「もう歳なんだから、自転車乗るの止めなさい」

「杖ついて歩きなさい」

と何回も母に言うのだが、痛い思いをしないと分からないのは、インフルエンザの時と変わらない。

お買い物がしやすいようにと、お年寄りがよく持っているキャリーバッグを買ってあげたのだが、一回も使われた形跡はないようだった。


そのようなことがあり、やはり母を一人にしておくのは無理になってきた。娘も社会人となり日中はいないし、何かあっても、病院に付き添って行く時間などありそうにない。兄や母と相談し、ついに家の売却に向けて動き始めたのだった。

幸いなことに、古い家ではあったが、あまり時間もかかることなく買い手が見つかった。今度は母をどうするか、という話になる。

私は以前、義母の面倒を見てきたということもあり、介護が終わった時は、「私の役目は終わった。老後はゆっくりできるぞ」と思っていたのだ。しかし、遠くに住む兄に久しぶりに会ったある年、兄の足にはトラブルが起きていた。歩くのに不自由そうなのだ。

「その足では、母の介護などになった時に無理ではないか?」と思ってしまった。

しかし、それでも兄は母を引き取ると言ってくれたのだ。順番で考えると、長男の兄が引き取るのが当たり前の世の中だろうし、できたら私も兄にお願いしたいと思っていた。

幼い頃はひどい母であったが、私が結婚して子どもが産まれてからは、とてもお世話になった母だ。主人も「うちで見る方がいいんだろうなぁ」と言ってくれていた。

私は悩んだ。そして、答えを主人にゆだねようと思った。

「おばあちゃん、引き取って本当にいいの? 今は大丈夫だけど、いつかパパの手を借りる日が来るかもしれないんだよ」

「その時はその時でまた考えればいいでしょう。今、考えなくていいよ」

たぶん……私は主人に「いやだ」と言って欲しかったのだ。そう言ってくれれば、兄に「ごめんね、お願いします」と言うことができると思っていた。さらに言えば、本当はこう言って欲しかったのだ。義母の世話を長年頑張ってきた私を心配して「お前こそ大丈夫なのか? もう一回耐えられるのか?」と。

まわりの人は「いい御主人ねぇ」と言ってくれる。主人は私のために「いいよ」と言ってくれているのは分かっているが、心の中で、深いため息が出た。

最後の決定権は母だ。

兄も私も、母の行きたい方に行っていいんだよ、という話をした。すると母はやはり、行き慣れていた私の家を選んだ。こうして、母は私たち家族と共に暮らすこととなった。

私は偽善者だ。本当はあの介護生活を思い出すと、また繰り返したくはないと思ってしまうのに、人から良く思われたくて、いい人でいたくて、つい引き受けてしまうのだ。私は、嫌なことでも、にっこり笑って「大丈夫やっておくよ」と言ってしまうタイプだ。こんな大事な時でも、私の偽善者ぶりが出てしまった。

「偽善者」……嫌な言葉だ。私もそうなのだ。しばらくは自分のことを嫌な人間だ、と悩んだ時期があった。でもある時ふと思ってしまった。いいではないか、と開き直ったのだ。

人は大なり小なり、偽善的なところくらいあるのではないか。みんな人から良く思われたくて行動することくらいあるのではないか。「ありがとう、助かったよ」なんて言われれば嬉しいし、相手のために何かしてあげた時になんの反応もないと、あなたのためにやったんですけど、とがっかりしてしまう。人間ってそんなものではないか。人を傷つけようとするのはいけないが、悪意のない偽善ならいいではないか、それでみんなが幸せならいいではないか。

「お前は偽善者だ」

だれかに言われたら、今なら、

「あなたは違うんですか?」

そう言える気がする。

実家の明け渡しの日が決まり、母も納得し、引越しの準備が始まった。

その頃になると、母は少しずつ認知症の症状が出始めていた気がする。

引越しの日など、よく言って聞かせ、分かりやすく、大きく紙にも書いておいたのだが、急にそんなことは知らない、聞いていない、などと言い出し困った。

いらないものはそのまま置いておいて大丈夫、と言われていたので、持っていく物と、置いておけない個人情報に関わるものなど分け、主人に車で来てもらい、少しずつ運び出す作業をしていった。

家の中を整理しているうちに気づいたことがあった。母は多少良いアクセサリーを持っていたはずなのだが、見るとアクセサリーを入れてあった引き出しは空になっている。どうしたのか母にたずねると、のん気に言った。

「買ってくれる、って人が来たから見せたのよ、二万で買い取ってくれたの」

「それ、買い取り詐欺じゃない⁉　ダイヤの指輪は？」

「見せてくれって言うから見せたかしらねぇ」

以前、テレビで買い取り詐欺のやり口を、ドラマ仕立てでやっているのを見たことがあるのだが、全くその通りだった。

「私は絶対詐欺なんかに引っかからないわよ」

いつも自信満々に言っていたのに、そういう人ほど引っかかるというのは本当らしい。しかも、本人は気づいていないのだ。もう大分前のことだったようで、どうすることもできなかった。

ダイヤの指輪、金やパールのアクセサリー、オパールもあった気がする。しかも、ダイヤの指輪は父が母に贈った婚約指輪だ。それは「そのうちあなたにあげるわね」と言われていたので、いつの日か、これが父と母の形見となるんだなぁとぼんやり思っていた。そんな大事なものを、いとも簡単に売り飛ばすとは信じられないことだった。別にお金に困っていたわけではないのに……。

父は昔、呉服関係の仕事をしていた。そのため、良い物を安く買えたので、母は着物や帯など多く持っていた。

着物の整理をしていて、これは良さそうだから今度持って帰ろう、と私は気に入った帯を二本よけておいた。しかし、次に行った時にはその場所からなくなっていたので、母にたずねた。母は言った。

「着物とか買い取ってくれる業者さんがいるって聞いたから電話して来てもらったの」

「ずいぶん安く持っていかれるのね、三百円だったの」

また、買い取り詐欺だ。しかも自分で呼び寄せてどうする……。

たぶん、買えば数万か数十万かする正絹の帯だ、それを三百円など……年寄りをばかにしすぎでないか。領収書が残っていたので見せてもらうと、確かに三百円、とある、そして、他の物は「御好意」とか記入してあり〇円なのだ。しかも買い取り先は有名な業者だったので、これには驚いてしまった。

しかし、母が自分で呼び寄せているので文句も言えない。

どうやら「私は大丈夫」という母は、詐欺にあっても気がつかないようで、私は一つ仕事をやり遂げた、くらいにしか思っていないようだ。「これ詐欺でしょう、引っかかってるじゃない」と言っても「あらぁ」とのん気にしているので、こちらの方が腹が立ってしまうのであった。

いらない物はそのままでいい、と言われているのに、布団を引き取ってもらおうと、粗大ゴミの券を購入してあったり、本をまとめて外に出してあったり、今まで整理されていた家の中が、訳が分からない状態になってしまっていた。大事な物はどこに置いたかは忘れ、色々と余計なことをやらかしてくれていた。

何回か荷物を家に運び、いよいよ最後の荷物を持って引越しとなった。

大きい物は運んだので、あとは少しの身のまわりの物と貴重品だけだよ、と言っておいたのだが、行ってみると凄いことになっていてびっくりした。さらに、色々な物が引っぱり出され、大きな山がたくさんできていた。そして、その一番大きな山を持って行くと言うのだ。古い布団やサイズの大きい服に、何個あるか分からない鞄にハンドバッグ。

「これ、持って行く物だから」

「もう、いっぱい持ってったから、こんなに無理だよ」

「これは必要な物だから」

と譲らない。母の一部屋にどれだけ入ると思っているのだろうか。

その山を私は選別し、小さくしていった。しかし、母はまた「これも」と持ってくる。

「はいはい」と言いつつ、母に分からないように別の所に片付ける。また別の物を持ってくる。片付ける。と、まるでコントをやっているようだった。

一晩泊まり、とうとうなつかしい家とお別れの日だ。主人に来てもらい、荷物を車に積み込んだ。家には鍵をかけ「お世話になりました」と、親子で家に御辞儀をして挨拶をし、別れを告げた。

市役所へ行き手続きを済ませ、不動産屋さんに行って鍵を渡し、さあ自宅に母を連れて帰ろうとすると、母が言い出した。

「えっ……今日、引越すの？」

「そうだよ、これから家に行くよ」

「引越すって分かってたけど、今日だと思わなかった」

「さっきお家に挨拶したでしょう。近所の人にも挨拶したでしょう。不動産屋さんに鍵も渡してきたんだよ」

「分かんなくなっちゃった」

と困った顔をするのだった。

一ケ月ほど私の家で過ごし、最後にもう一度不動産屋さんでの手続きがあり、母の同席が必要だったので一緒に行った。手続きなど終わり、手続きを進めてくれていた兄も一緒に食事を楽しんだ。さあ、終わったし帰ろうか、となった時、一緒に来た私と主人に母が言った。

「あんたたち、今日はどこに帰るの？」

私は一瞬、言葉に詰まった。

「おばあちゃん、今日、どこから来たか分かってる？　おばあちゃんの家は、今日、完全に人の物になったんだよ。今日は一緒に私の家に帰るんだよ」

「そうだったかしら、分からなくなっちゃったわ……」

母は環境の変化についていけず、頭の中が混乱してしまっているようだった。

共に暮らす

私の家に来てからの母は混乱し、訳が分からなくなってしまった状態が続いた。

「一回、あっちの家に連れて行って」

「もう入れないよ、何がしたいの？」

「困ったわ、大事な物まだあるのに、みんな置いてきちゃったのよ」

「大丈夫、大事な物、全部持ってきたから、あるから平気」

そんな会話を毎日のようにしていた。

以前、母は大事な物を缶にしまってあったのだが、引越しの時に全部出してしまい、中身を探すのに苦労した。空の缶は「いらない」と言うので、置いてきてしまったのだが、突然言い出した。

「大事な物入れてあった缶がないのよ。あなた預かっててくれてるわよね」

「あれは、いらないって言うから置いてきたでしょう」

「あれは大事なものが全部入っているんだから！」

「大事な物、これでしょう。ほらみんなあるから大丈夫」

色々と缶に入っていた物を見せた。

「これじゃない、違う大事なもの！」

「何が入っていたの？」

「すぐには言えないけど……」

大事なものを忘れたと言い続けている。

仕方なく私は、家にあった似たような缶に手紙などを入れた。

「これじゃない？　あったよ」

手渡すと少し落ち着いた。しかし、数日するとまた言い出したのだ。また大事な物を入れた缶がないと言う。

「この前見つけてあげたでしょう。ほら、ここにあるよ」

部屋から探し出し、手渡した。

「これじゃない、もう一つあった」

そう言い出すので困った。母の頭の中は、ありもしない「缶」のことでいっぱいになってしまっている。

夜の十一時を過ぎてから、母がドアの向こうから私を呼んだ。

「缶が見つからないんだよ」

「もう夜中だから明日にしてね。また探してあげるから、今日はもう寝なさい」

次の日、私はさらに家にあった適当な缶を探し、適当に書類などを入れ、

「これかしら？　あったよ、良かったね」

と渡すと、ようやく缶を探すのを止めてくれて、落ち着いたのであった。


またある時は、銀行に連れて行って欲しいと言い出した。色々な手続きは済ませていたので、

「いいけど何しに行きたいの？」

と聞くと、本人もよく分からないようで困っている。しばらく考えてから言う。

「銀行に行けば分かるから。銀行の人は分かってくれているはずだから」

「書類は何もないのに、行ったって分かる訳ないでしょう。向こうの人も困るだけだよ。払うものは払ってあるし、もらうものはもらってあるし、全部済んでいるから大丈夫」

と言っても、母はなかなか納得できずにいた。

数ケ月の間は、「一回家に行きたい」「銀行に行きたい」「役所に行って手続きしないといけない」と繰り返し言い出す。すべて終わっているのだが、いつまでも終わっていない気がしてしまい、頭の中で「行かなきゃ」「やらなきゃ」と考えてしまうのだろう。
「大丈夫、終わっているから心配しないで」
と、その度に説得しなければならなかった。

他にも困ったことはたくさんあった。母はまだ元気で、身のまわりのことは一人でできる。多少は仕事をさせねば、と洗い物や洗濯物をたたむことなどお願いした。洗い物が終わって母が部屋へ行った後で一応チェックをする。すると、食器が油っぽい、汚れが落ちていないなどで、結局洗い直すしかない。どうやって洗っているのか見ていると、洗剤をつけずに洗い「よくこすっているから大丈夫よ」とか、反対に大量の洗剤を使ったり、油っぽいものを水で洗ったり、見ていて、えーっということを色々やっている。

ある日、大きな鍋を一度洗剤で洗った。次はゆすぐのかと思ったら、いきなりその鍋に水を貯めて、その中でジャブジャブと台ふきんを洗い出したので、思わず「やめて!」と叫んでしまった。

そして、一度蛇口を開くとなかなか止めない。出しっぱなしでジャージャー音がするので見に行くと、のん気にガス台を拭いていたりする。

「こまめに止めてね」

とお願いすると、

「テレビで言ってたのよ」

と言い張る。

「いちいち止めると、そっちの方がもったいなくて、水道代が高くなるって、絶対言ってたから」

自信満々で言う。

「それ、昔の電気のスイッチの話じゃない？」

そう言っても、

「違う、絶対水道の話よ、聞いたんだから」

と、蛇口を開きっ放しにすることは正しいと信じ込んでいる。「ありえない」と言っても、聞く耳を持たない母なのだ。

お風呂のシャワーも同じだった。キッチンのパネルで確認できるので、シャワーの使い方を見ていたことがある。母がお風呂に入っている時、シャワーを使い始めるとランプが点くのだが、それがいつまでたっても消えないのだ。母の髪は短かく、主人の頭髪より少ない。そんな母がシャンプーをするのに、そんなに時間がかかるはずないのだ。様子を見に行った方がいいか、と心配になる頃、ようやくランプは消えた。

母が来てからというもの、水道代とガス代が跳ね上がり驚いた。一人増えただけだと思えないくらいの跳ね上がり方であったのだ。

母にはそのことを説明し、こまめに止めるよう話したのだが、なかなか癖は直らず、私はなるべく近くにいて「出しっぱなしだよ、止めて」と声をかけるようにしている。

母の住んでいた家は古く、ほとんどは引き戸で、ドアの開け閉めの少ない家であった。しかも、ドアのノブは丸く回すものであった。

一方、私の家はレバーを押し下げるノブが多い家なので、母にはそのノブの扱いが難しかった。なかなか慣れずに、つい無駄にガチャガチャ乱暴に動かし、あちこちのドアノブが緩んでいってしまった。

自分でなんでもやっていた母は、毎晩、玄関のチェックも自分でしないと気が済まなかった。ただのチェックならいいのだが、母には「どの状態が閉まっている」のかは分からないのだ。ただ荒っぽくドアをガチャガチャさせてみたり、壊す勢いで押したりしてしまうので困る。

「壊れるから止めて、ちゃんと閉めてあるから大丈夫」

と言っても、

「だって心配なのよ、押してみてるだけだから」

押しただけでは鍵が閉まっているかどうかなど分からないだろうに……。

ある日、とうとう閉めておいた鍵を開けてしまったことがあった。私は寝る前に確認するのだが、どうやら夜中にトイレにでも起きた時に開けてしまったようだった。

「お願いだから触らないで。ちゃんと確認してるから、大丈夫だから」

「本当に大丈夫？　心配で……」

心配なのに、反対に開けてしまってどうするのだ。

「分かった、大丈夫ね。もう触らないから」

と言いつつ、チェックするのは一年以上続いた。いつもサンダルを履くので、夜になると、母の靴とサンダルは片付けるようにした。すると、裸足のまま玄関に下りている母を見つけ、そこまでしてチェックしたいのかとあきれてしまった。

一番困ったのは、我が家の愛犬のことだった。

成犬になってからはずっと、個人のベットルームとキッチン以外は自由に行き来していた。毎日探険し、パトロールし、クンクンして嗅ぎ回り、誰か出かければ玄関まで行って見送り、帰ってくれれば尻尾をブンブン振って出迎え、抱きついて「おかえりー、遅かったよー、待ってたんだからー！」と喜んでくれるのが嬉しかった。

母は、何度言っても自分の部屋のドアが閉められなかった。ドアのノブに大きく「閉める」と書いてぶら下げてみたが、ダメだった。

うちのワンコはティッシュなど紙類を食べてしまう犬だったので、母が部屋から出る気配がすると、いつもくつろいでいる二階のリビングから、ダーッと駆け下りていき、母の部屋に入り込み、ティッシュを食べたり、たくさん出して散らかしたりしてしまうのだ。

「ほら、こうなっちゃうから閉めないとダメなんだよ」

叱るように言ってもすぐ忘れてしまう。

「ちょっとだから大丈夫と思って」

と、そのままトイレに行ったり、洗面所に行ったりするので、その度に私はイライラしていた。

ある年のお正月、母の部屋にある仏壇にはお餅やおせち料理をお供えしてあった。その時、家のワンコが母の部屋に入ってしまい、大きなお餅を食べてしまったのだ。

私は犬を心配し、

「何かあったら、おばあちゃんでも許さないからね！」

と、思わず怒ってしまった。

「私より犬の方が大事なの⁉」

「そうだよ！　大事だよ！」

しまった、ちょっと言いすぎた。と思ったが……過去の経験からも分かる通り、何があっても謝らない母に対して「ごめんなさい」を言う気にもならず、プイとそのまま母から離れてしまった。

家に母だけになることもあるし、犬に何かあっても大変なので、仕方なく柵をつけ、母の部屋に行けないようにした。今までも工夫してバリケードを作ったりしていたのだが、そのうち破られてしまってダメだったのだが、今回は大丈夫なようだ。

今まで自由に行き来できていたのに、ワンコは「どうしてなんだ」と納得できないようで可哀想だった。

玄関のお出迎えもしてもらえなくなり、私たちも寂しい。リビングに行って、「ただいま」とワンコに挨拶をすると喜んでくれるのだが、何か違う気がしてしまうのだった。


母の病院通いも大変だった。

まず歯医者。ずっと行っておらず、自分から「行かなきゃダメだと思う」と言うので連れて行くと、あちこちボロボロになっており、ほぼ一週間に一回の通院で、終了するまでに約十ケ月もかかってしまった。

整形外科は、前回骨折した時に診てもらい、検査をした結果、母は骨粗鬆症ということが分かったので、半年に一回の注射、毎日の飲み薬が必要であった。しかし、以前自分の家に戻った時は、一度向こうの病院に付き添い、紹介状も持っていき、その後も通うようにと説明しておいたのだが、全く行っていなかったようだった。こちらも定期的に行かないといけなかった。

目の方も「何か変だから病院に行きたい」と言い出す。

こちらもかなり前から、まぶたに霰粒腫《さんりゅうしゅ》とかいうしこりができていて、「気になるなら取ってあげる」と言われていたのだが、切るのは怖いようで放ってあった。

こちらの病院に連れて行くと、前と同じで「取りたかったら取りますよ」と言ってくれた。

「うっとうしいなら思いきって取ってもらった方がいいんじゃない？」

と、何度か説得してみたが、

「うーん、やめとくわ」

と、なかなか踏ん切りがつかないのだった。さらに数ケ月が経ち、毎日のように「目がうっとうしい」と言う母に「もう取るしかない」とようやく決心させ、眼科に行った。でも、決心するのが遅かったようだ。目のしこりは少しずつ大きくなっていたのだ。ここで取るのはリスクが大きいので、大学病院の紹介状を書いてあげましょう、という話になってしまった。

大学病院の予約を取り、診てもらうために連れて行くと、やはり混んでいる。予約時間はあっても待たされ、相当時間がかかる。

「遅いわねぇー、待たされるわねぇー、まだかしら」

「早く取ってもらっておけば、こんなことにはならなかったんだよ」

文句の多い母と何度も同じ会話をした。

検査、入院、手術となるので、レントゲンを撮ったり、血液検査をしたり、入院直前にはＰＣＲ検査と大事になってしまった。

年寄りなので、まぶたを切られるとなると躊躇する気持ちは分かるが、やはり、

「早く取ってもらえば良かったのに」

ついつい小言を言ってしまうのだった。


母を引き取ってから約半年後、私は仕事を辞めた。

保育の仕事はパートでもけっこう大変で、職場にもよると思うのだが、土曜出勤や持ち帰りの仕事もある。書類業務が多かったり、行事が近づくと、子どもの衣装やプレゼント、装飾品などを手作りしたりするので、土日が潰れてしまうということも珍しくはないのだ。

その上で家事をこなし、母の病院通い、散歩や買い物などに付き添うと、結構負担になってくる。

日数を減らして仕事を続けようか、とも考えたのだが、条件が合わなかったのできっぱ

り辞めることにしてしまった。

いっぱいいっぱいの生活から大分楽になり、ようやく一息つけた気がした。

母は家に来てから一年ほどかけて環境に慣れていったようで、一年経つ頃にはようやく、「家に一回行きたい」「役所に行って手続きしなくちゃいけない」「銀行に行かなきゃいけない用事があるはず」などと言わなくなっていった。

やはり、時間が必要なのだな、と思った。


なるべく、出かける時は母も連れて行くようにしていた。

ニジマス釣りをして、その場で焼いて食べさせてくれる所に行ってみた。母は張り切ってチャレンジした。一匹釣れると子どものように大喜びをして、「もう一匹釣る！」とはしゃいでいた。焼いてもらったニジマスを「おいしいわぁー」と喜んで食べる母だった。

ある日は海鮮丼を食べに行こう、と海の方へ行くこととなり、母も喜んで一緒に出かけた。

現地に着き、とりあえずトイレへ……となった時にトラブルが起きてしまった。

それまで母はどこへ行っても一人で大丈夫だったので、その日も一人個室に入っていった。私が手を洗っていると、向こうの方から私を呼ぶ声がする。「何をした⁉」とあわてて行くと、母が尻もちをついて、カメのようにジタバタしておりびっくりした。どういう訳か、うまい具合に鍵がしっかり閉まっておらず、押せば開く状態になっていたので助かった。しかし、それからが大変だった。母はうっかり和式に入ってしまったのだった。

思わず「なんでこんな所に入ってんのよー」と言ってしまったが、今さらどうしようもない。母に手を貸して起こそうとしたのだが、腰が抜けてしまったようで母は足腰に全く力が入らない。しばらく頑張ってみたがどうにもならず。これは無理だと、女子トイレなのに主人に助けを求め、来てもらった。一旦母から離れ、その後戻ると、親切な方が二人がかりで助け起こしてくれていて、とてもありがたかった。

どうにかこうにか母をトイレから連れ出し、ベンチに座らせた時には、私はもう汗をかきヘトヘトになってしまった。母ももう動けそうにないし、海鮮丼どころの話ではない。せっかくなので、母をベンチに座らせて待たせ、急いで買い物だけして帰ってきたのであった。

次の日から私は、膝やら腰やら足やら、全身が筋肉痛になってしまい、数日つらい日が続いた。

「近場ならいいが、遠出はもう無理だね」「トイレは多機能トイレでないとダメだね」と、これが母の最後の遠出となってしまった。

母は転ぶことも多くなっていった。

以前は一人で近くの公園まで行って、何事もなく帰ってきたりしていたのだが、この頃になると「転んだ」と帰ってきて、青アザを作ったりしている。

年末に髪を切りたいと、私の留守中に歩いて五分もしない美容院に行ったのだが、家の敷地内で転んでしまった。食事中に、ふと母の手を見ると、甲に絆創膏が貼ってある。食後にどんな傷なのか確認すると、どうしたら転んでこんな所にこんな傷ができるのかと思うくらい深い傷になっている。普通ならひどく痛いと思うのだが「別に痛くないのよ」と、平気な顔をしている。年寄りになると痛みもあまり感じなくなるものなのか、と怖くなった。

次の日、もう年末なのでどの病院も休みに入ってしまっていたため、休日当番医を探して診てもらった。骨などに異常はなかったので良かったが、塗り薬と抗生剤を出してもらい、「しばらく絆創膏をつけておいて下さいね」と言われ、様子を見ることとなった。

私は毎日朝と晩に消毒をし、新しい絆創膏を貼るのだが、ふと見ると剝がされていた。

「絆創膏どうしたの？」

「乾かした方がいいと思って取ったの」

「貼っておけって言われたでしょう！」

イライラさせられた。

年が明けたらまた診てもらうことになっていたので、早速病院に行くと「もう大丈夫、絆創膏も貼らなくていいですよ」と言われ、「ああ、良かった良かった、終わったねェ」と帰ってきた。しかし、もういいと言われたのに、今度は自分で絆創膏を貼っている。

「もういいって言われたでしょう」

「もう少し貼っといた方がいいかな、と思って」

どうしてこうあまのじゃくなのだろうか……とあきれてしまう。

またある時は、目のまわりに真っ青なアザができていた。びっくりして「どうしたの⁉」と聞くと、お風呂から出る時に前のめりになって、顔から転んだと言う。まるで目をグーで殴られたように青いのだ、転んでそんな風になるものなのかと驚いてしまう。

目のことなので今度は眼科へ行った。色々検査して、目に異常はなかったから良かったが、色々やらかしてくれるその度に病院通いになってしまうので、やはり大変だ。こう転ぶことが多くなると危なくなり、一人では外に出せなくなってしまった。

物忘れもどんどんひどくなっていった。

日にちや曜日など分からないし、一回じっくり見ていたはずの新聞を、今日はまだ見ていない、とまた部屋に持って行ったりする。同じことを何度も言うし、何度も聞く。

家にずっといてばかりではつまらないだろうと、老人会などレクリエーションを探してみたが、コロナのために中止になっていることが多かった。

私は母を散歩や買い物に連れて行ったり、娘も一緒に絵を描こう、と付き合ってくれたりしたが、いつもいつもはできない。そうすると、こちらに友だちのいない母は、部屋でゴロゴロしつつテレビを見る時間が増えるばかりだ。どんどんボケていってしまうと心配になった。

行政に頼るしかないと思い、役所に行って介護保険の申請をした。役所の人が家に来てくれたり、病院へ行って診断書を書いてもらったりした結果、要支援くらいかと思っていたのだが、母は要介護1ということだった。

それからケアマネージャーさんを決め、どこの施設に行くのかを決めて、週に二回のデイサービス通いが始まった。

「ぼーっとしているとボケちゃうでしょ」「家族以外の人とも話した方がいいよ」「レクリエーションもあるし」と説得すると「そうねぇ」と母は嫌がらずに行ってくれたので良かった。

しかし何回か行ったある日、母が言い出した。

「私、もう歳だし、今行っている所は辞めようと思うの」

「歳だから行くんでしょう。人と話したり、体を動かしたり、リハビリなんだよ」

「リハビリは行くけど、仕事はもう辞めようと思っているのよ」

「えっ、仕事なんか今してないでしょう」

「してるわよ、いつも行ってるじゃない」

「仕事って何してるの？」

「先生の手伝い。患者さんが来たら対応するし、脱脂綿巻いたりしてるわよ」

母は六十代の頃に耳鼻科でパートをしていたことがある。看護師の資格はないので、簡単な助手で、受付をしたり使用する金属の棒に脱脂綿を巻きつけたり、銀行に行ったりしていた。

「もうとっくに仕事辞めてるでしょう」

「いや、ちゃんと仕事してるわよ」

「何て所で働いてるの？　先生の名前は？」

「……でもちゃんと仕事してるから」

と言い張るのだ。

それでもデイサービスの日になると、行かなくては、という気持ちになるようで、自分で支度をして、お迎えの車がまだかまだかと出たり入ったりする。すると、うちのワンコがその動きの度に吠えるので困った。

「車が来てから行けば大丈夫だから、部屋で待ってなさい。ワンコが吠えてうるさくてしょうがないでしょう」

「もう来るかと思って」

母はソワソワと落ち着いて待っていられないのだ。そして、行って帰ってくると、

「今度行ったらもう辞めてくるわ」

と、また言う。仕方がないので私は嘘をつき、

「私、電話しておいたから、もう病院の仕事は行かなくて大丈夫だよ」

「電話してくれたのね、もう大丈夫？」

「うん、もう大丈夫、お疲れ様でしたって言ってたよ」

「ここのところお給料もらってなかったけど、もういいわ」

そんな会話を何回繰り返しただろうか……。二ケ月ほどすると、ようやく仕事の話は出なくなっていった。


落ち着いて通所できるようになって良かったが、その間に、最初は骨粗鬆症の薬だけだったのが、認知症の薬が加わり、そのうち、血圧が高めだということが分かり、血圧の薬も追加されるなど、薬の種類が少しずつ増えていった。

母が家に来てから良かったこともあった。

私は母と一緒に散歩をしたり、食事などしたりしながら話をする。なんとなく私が小さい頃の話になった時、昔、母が私への対応がひどすぎたとあれこれ思い出したエピソードを話した。ある時は鬼婆のようだったし、私はひどくつらく、悲しかったのだと責めた。

母は覚えていることもあれば、忘れていることもあり、

「そんなこともあったわねぇ」

「そんなこともあったかしらぁ」

などと言っている。私は母がしてきたことをどう思うか尋ねてみた。

「自分でひどいと思わない？」

「ひどいわねぇ、その時はきっといい子になって欲しくてやっていたのよ」

やはり母は謝ることなどしない人なのだ。

「今さらどうしようもないわねぇ」

「それはわるうございましたねぇ」

と、全く悪びれずに言うので、腹が立つ。

この母に涙の謝罪など期待していなかった。話をしてもこんな態度だろうと予想はしていた。

しかし、昔からずっと……一度は文句を言ってやりたいと思っていたので、言いたいことをほとんど言えて、私はそこそこ気分がスッキリした気がする。

私はある時、少し意地悪なことを言ってみたくなってしまった。母の冷たさに、私は幼

い頃「自分は橋の下で拾われた子なのだ」と思っていた時がある。そのことを思い出し、ついそのまま言ってしまった。すると母は何も言ってくれず、黙ってしまったのだ。私は否定してもらいたかった。

「えっ⁉　違うよね」

と念を押してしまった。

「そうかもね」

母は冷たく言った。

私の妄想が危ない方へと暴走し始める。

いやいやそんなはずはない。

私はあわてて考えるのを止める。

それが母なのだ。母は私が欲しい言葉を言ってくれたことがない。

「そんなことあるわけないでしょう。何言ってるのよ、ばかねぇ」

私はそんな風に笑い飛ばして欲しかった。

私が放った毒の矢は母の心には刺さらず、ブーメランのように戻ってきて、私の心に刺さってしまった。全くいい歳をして、私はいったい何をしているのだ、と情けなくなる。

母は毎日のように、何かしら余計なことをしてしまい私をイライラさせる。しかし、母は小言を言われてもこたえるタイプではない。

「だって……」と必ず言い訳をしてかわしていく。多少言い合っていた方が、かえって脳の活性化になるのでは、などと思っている。

ある朝、私のイライラが三連発した日があった。

母はなぜか食事をしていると、しょっちゅう鼻水が出てしまう。そして、その度に鼻水を拭くのだが、時々そのティッシュをテーブルの端に置いてしまうのだ。食卓の上なので汚いから止めてくれ、とお願いしてあるのだが、私や家族がいないと、つい置いてしまうのだ。

すると紙の大好きな家のワンコがすぐに見つけ、狙ってくる。母より素早いワンコはそれを前脚で掻き寄せたかと思うと、サッとくわえて逃げてしまう。それも母が来てから何回やられているか分からないくらいなのだが、どうしても懲りずに母はティッシュを丸めて置いてしまうのだ。

その日もそれをやってしまった。その日の朝食は、久しぶりにトーストとコーヒーなどだった。母はパンも好きなのだ。置いたティッシュを取られそうになった母は、慌ててコーヒーを派手にひっくり返してしまったようだった。近くにいなかった私は、何か起こった気配にあわてて戻った。母は台ふきんで、のんびりとこぼれたコーヒーを拭いていた。

我が家のテーブルはパイン材で、のんびりしていると染み込んで跡が残ってしまうのだ。私は急いでタオルを持ってきて拭いていると「ティッシュを取られた」と話すので、

「あれほどティッシュを置くなと言っているでしょうが」

「だって、ちょっとの間だから大丈夫だと思って」

と、いつもの言い訳をする。

私はテーブルクロスやらランチョンマットやらをまとめ、洗濯機に放り込んで回した。その場に戻ると、今度は母が食器を洗っていた。ふと見ると、母の顔から白く光るものが糸となって落ちてきている。

「ばあちゃん早く鼻水を拭いて！　お皿洗っている場合じゃないでしょう！」

私は大声を出しつつ、母にティッシュを持っていった。

食器を洗い終わり、部屋に戻ろうとした母が、また何やらワンコとやり合っている。またティッシュを取られたようで、取り返そうとしているのだった。

犬というものは人間に順位をつけるらしい。母のことは自分より下だとばかにしているところがある。母がいくら「ダメよ」などと言っても聞きやしないのだ。しかも、遊びの時間でもない限り、自分が一度くわえた物は自分の獲物だと思っているので、取られそうになると怒ってしまう。普段なら人を噛もうとすることはないのだが、自分の物を取られそうになると、つい噛もうとしてしまうことも多い。母が噛まれたら大変なので、あわてて「もういいから！」と母を止めた。

「ダメでしょ」なんてワンコに言っている母に、「ダメなのはあなたなんですけど」と心の中でつぶやく。

母が部屋へ引き上げると、どっと疲れが押し寄せてきた気がした。しかし、さっきの光景を思い出し、母の洗っていた食器をもう一度洗い直した。

そんな毎日が続いている。

母は米寿を越え、私は還暦を越えた。

母の物忘れは激しいが、歳の割には元気だ。毎日ごはんを「おいしいおいしい」としつこくうるさいくらいに連発しながらたくさん食べ、家に来てからは熱を出すこともなく暮らしている。

この先、もしかしたら母も義母のようになってしまう日が来るかもしれない。しかし、今から心配しても仕方がない。主人が言うように、「その時が来たら、その時考えればいい」のだ。

今私は、時々イライラすることもあるけれど、比較的に穏やかに暮らせていると思う。家族や友だちと食事に行ったり、旅行に行ったり、そしてまだバレエのレッスンをする元気もある。年甲斐もなくお気に入りのレオタードを身につけ、気分を上げたりしている。本を読むのも好きだし、刺しゅうも趣味のひとつで楽しんでいる。犬と遊んだり、散歩をしたりするのも楽しい。

好きなことがたくさんあるというのは幸せなことだと思う。

母も時々、「大人の塗り絵」などを楽しみ、上手に描けると「ほら、キレイに描けたでしょ」と得意そうに見せてくれたりしている。

この先、また大変なことになるかもしれないが、昔、若い頃いっぱい楽しんだように、今のうちにできることをいっぱい楽しんで、力を蓄えておこうと思う。

私は、色々やってしまう母に、時々怒ったり小言を言ったりしてしまう時もあるが、日常的には結構優しく接していると思う。

しかし私は偽善者なので、母への優しさはたぶん母のためではない気がする。

母を不安にさせたり、怖い思いをさせたりすると、きっと母は不安からまた訳の分からない状態になってしまうのではないかと思う。そうすると大変な思いをするのは私なのだ。そうならないように努力しているのだ。

それでも母は時々不安になり、言う。

「もう分からなくなっちゃったよ」

困った顔をしている母に私は声をかける。

「大丈夫、みんないるから大丈夫だよ」

それは、自分自身にも言い聞かせている気がする。

私には主人もいる。娘たちもいる。ワンコもいる。だから、

「大丈夫、みんないるから大丈夫」

今まで「なんとかなる」と思って生きてきた。だから、これからも「なんとかなる」のだ。

毒の矢

2024年２月15日　初版第１刷発行

著　者　島田 香菜美
発行者　瓜谷 綱延
発行所　株式会社文芸社
〒160-0022　東京都新宿区新宿1－10－1
電話　03-5369-3060（代表）
03-5369-2299（販売）

印刷所　株式会社エーヴィスシステムズ

ISBN978-4-286-24947-6